Der exzentrische Maestro Carl

Skurrile Begegnungen mit einem Genie

von

Cristina Zehrfeld

Impressum

09376 Oelsnitz/Erzgeb., kontakt@cristina-zehrfeld.de

ISBN-10: 1494977346
ISBN-13: 978-1494977344

Über die Autorin
Cristina Zehrfeld wurde 1966 geboren. Sie hat Betriebswirtschaft studiert. Seit dem Jahr 2000 arbeitet sie freiberuflich als Journalistin und Autorin.

Kurztext
Maestro Carl ist genial und exzentrisch. Normen sind ihm ein Gräuel. Selbst bei scheinbar alltäglichen Begebenheiten überrascht der Maestro immer wieder durch seine ganz abstrusen Verhaltensweisen.
Des Maestros Offenherzigkeit gegenüber Fremden ist hemmungslos, seine Übertreibungen sind maßlos, seine Manieren sind gewöhnungsbedürftig. Maestro Carl bringt Kellner zur Verzweiflung, erhebt sein nachlässiges Äußeres zum Selbstzweck und stellt bedenkenlos die Realität einer CD-Aufnahme in Abrede, um sein eigenes Klangideal zurechtzumischen.

INHALTSVERZEICHNIS

Begegnungen mit Maestro Carl

Maestro Carl ist ein Genie. Er ist der beste Organist, den die Welt je gesehen hat, allerdings auch der verrückteste. Deshalb ist es in Kreisen des musikalischen Establishments strengstens verboten, den echten Namen von Maestro Carl auch nur zu erwähnen. Zuwiderhandlungen werden soweit ich weiß mit dem Tode bestraft. Wer den Namen nicht vorsätzlich, sondern nur versehentlich in den Mund genommen hat, kommt unter Umständen mit einer abgeschnittenen Zunge davon. Das hat mir jedenfalls ein Herr ohne Zunge auf einen Zettel geschrieben.

Mein erstes Gespräch mit Maestro Carl führte ich in der Pause eines Konzertes in der D.er Kirche. Das Gespräch dauerte fünfundzwanzig Minuten und damit länger als die ursprünglich auf zehn Minuten angesetzte Pause. Ich war in dieser Zeit die allerbeste Freundin des Maestros und seine uneingeschränkte Vertrauensperson. Nach diesen fünfundzwanzig Minuten kannte ich den Maestro besser als meine Großmutter. Ich wusste mehr Details über seine Gesundheit als sein Arzt. Ich kannte seine finanziellen Verhältnisse besser als meine eigenen. Der Maestro hatte mir sein Vertrauen geschenkt. Er hatte seine Sorgen und Nöte mit mir geteilt. Nur ein verschämter Blick in meinen Ausweis hat mich davon überzeugt:

Nein, wir sind noch keine vierzig Jahre miteinander verheiratet.

Einen Blick auf die Uhr musste ich nicht werfen. Das taten ja bereits die Leute um uns herum, die mich inzwischen zunehmend verärgert musterten. Ich wusste also nur zu gut, dass alle auf Maestro Carl und mich starrten, denn das Konzert hätte bereits vor fünfzehn Minuten weitergehen sollen. Aber obwohl Maestro Carl fast alles kann, konnte er sich damals doch nicht mit mir unterhalten und gleichzeitig die zweite Hälfte des Konzertes spielen. Deshalb mussten wir unser vertrautes Gespräch an dieser Stelle jäh unterbrechen.

Ich habe Maestro Carl inzwischen öfter gesehen. Und dabei ist mir eine ungeheuerliche Vermutung zur Gewissheit geworden: Den Maestro kennt man in der ersten Sekunde, oder man kennt ihn niemals. Mit jeder zusätzlichen Begegnung rückt der Maestro ein bisschen mehr in die Ferne. Mit jedem Gespräch wird er fremder. Ich bin sicher: Wenn ich ihn nur noch wenige Mal auf der Straße treffe, werde ich mir seines Namens nicht mehr ganz sicher sein.

Wichtige Antworten auf unwichtige Fragen

Maestro Carl ist ein viel beschäftigter Mann. Immer hat er extrem wichtige Dinge zu tun. Immer hat er Dinge zu tun, die keinen Aufschub dulden und deren Unterlassung unweigerlich zum Untergang der Welt, vermutlich sogar zur Auslöschung des Universums führen würden.
Maestro Carl ist sich dessen bewusst. Deshalb lamentiert er ganz fürchterlich, wenn er mit Sachen behelligt wird, die womöglich gar nicht lebensnotwendig und unaufschiebbar sind. Er kann, so sagt Maestro Carl, seine Zeit nicht mit irgendwelchen Nebensächlichkeiten vertrödeln.

Als ich mich mit einer äußerst wichtigen Frage an ihn wenden wollte, überlegte ich deshalb erst lange hin und her. Doch schließlich entschied ich, dass es wichtig genug war. Ich griff zum Telefon, und ich hatte enormes Glück. Ich erreichte den Maestro, und er nahm sich Zeit für mich. Allerdings ist der Maestro ein sehr höflicher Mensch. Er ist keiner, der einfach eine kurze Antwort gibt, und dann schnell wieder auflegt. Wir pflegten also zunächst etwas Konversation.
Wir kamen von einem zum anderen, vom anderen zu etwas ganz anderem, und schließlich verplauderten wir uns etwas.

Wie ernst Maestro Carl unser Telefonat nahm, kann man daran ermessen, dass er während unseres Gesprächs drei andere Anrufer auf einen späteren Rückruf vertröstete. Bei einem weiteren telefonischen Störenfried beendete er nach einer Viertelstunde das Gespräch mit dem Hinweis darauf, dass er noch einen Gesprächspartner am anderen Telefon hat. Mich!

Auch die Entgegennahme eines Postpaketes und die Einweisung eines Monteurs an einem tropfenden Wasserhahn beendete unser Gespräch nicht.

Nach zwei Stunden und zehn Minuten verabschiedeten wir uns, und ich legte auf. Wir hatten über alles gesprochen. Über fast alles. Den Hörer noch in der Hand, bemerkte ich überrascht: Eine Antwort auf meine Frage hatte ich nicht bekommen. Natürlich nicht, denn ich war gar nicht dazu gekommen, meine Frage zu stellen. Mehr noch: Inzwischen konnte ich mich beim besten Willen nicht mehr entsinnen, was ich Maestro Carl hatte fragen wollen.

Es gibt kein falsches Leben im richtigen Leben

Eines Tages hatte ich völlig unerwartet die wunderbare Möglichkeit, mit Maestro Carl zu einem seiner Konzerte zu fahren. Mir lief ein eiskalter Freudenschauer über den Rücken. Ich habe diese unverhoffte Chance ohne zu zögern ergriffen, denn es ist eine der höchsten Ehren, die einem Menschen zuteil werden kann.

Als ich in das Auto des Maestros einstieg, war ich unglaublich von mir beeindruckt. Ich war mit Maestro Carl unterwegs! Ich durfte für ein paar Stunden das Leben dieses genialen Mannes teilen. Das erlebt nicht jeder, deshalb wollte ich nun jede dieser wertvollen Minuten voll und ganz auskosten. Für ein paar gemeinsame Minuten mit Maestro Carl würde jeder vernünftige Mensch auf Erden einen Brad Pitt oder einen George Clooney im Regen stehen lassen, ohne auch nur mit der Wimper zu zucken. Gegen die Leuchtkraft von Maestro Carl waren das ja nur kleine, kaum erwähnenswerte, vergängliche Sternschnuppen. Und nun (ich habe es schnell durchgerechnet) war ich für mindestens fünfeinhalb Stunden mit Maestro Carl unterwegs. Zwei Stunden Hinfahrt, zwei Stunden Rückfahrt und dazu noch das Konzert, und ich war sozusagen die persönliche Begleitung des Maestros. Unglaublich!

Als wir schon weit, sehr weit gefahren waren, fragte mich Maestro Carl mit sanfter Stimme: „Ach, habe ich Ihnen überhaupt schon gesagt, dass wir heute nicht zurückfahren? Wir werden in E. übernachten." Nein, er hatte es mir nicht gesagt. Aber was soll's. Nun wusste ich es ja.
Gut, ich war auf eine mehrtägige Reise nicht vorbereitet. Ich hatte nichts, rein gar nichts eingepackt. Keinen Laptop, keinen Fotoapparat, keine Sonnenbrille, kein Moskitonetz, nicht einmal genügend Geld. Von Wechselwäsche oder einer Zahnbürste ganz zu schweigen.

Doch das alles war völlig unerheblich, denn ich war die Reisebegleitung des einmaligen, außerordentlichen Maestro Carl. Allerdings übernachteten wir dann eben nicht nur die nächste Nacht in E., sondern die übernächste Nacht dann eben auch gleich noch in K.. Ich war also tatsächlich mit Haut und Haar in der großen, weiten Welt des Glamours angekommen. Ich führte drei Tage lang das unglaubliche Leben eines weltgewandten Bohemiens.

So etwas geht nicht spurlos an der heimatlichen Enge eines normalen Sterblichen vorüber. Und ich bin ein normaler Sterblicher. Zu Hause hatte deshalb mein Anrufbeantworter während meiner Abwesenheit längst wegen Überfüllung schließen müssen. Mein Kater Wollmütz hat Asyl bei einer

Nachbarin beantragt (Das Bewilligungsverfahren war bei meiner unvermuteten Rückkehr noch nicht ganz durch). Die Lokalpresse hat mehrere, fest eingeplante Artikel nicht von mir bekommen, so dass zwei Ausgaben beinahe mit sehr viel Freiraum für Notizen erschienen wären. Außerdem haben zwei meiner besten Freunde eine Vermisstenanzeige bei der Polizei aufgegeben. Aber wie wenig Bedeutung hat das alles:
Ich durfte mit Maestro Carl zu einem seiner Konzerte fahren.

Geschüttelt. Nicht gerührt.

Besondere Umstände erfordern besondere Maßnahmen. Besondere Menschen auch.
Maestro Carl ist ein besonderer Mensch. Deshalb erfordert seine Anwesenheit immer besondere Maßnahmen. Manche Leute wollen das nicht sofort einsehen. Ich selbst hatte auch meine liebe Not. Ich wusste es vorher nicht, aber in vielen Dingen bin ich ein hoffnungsloser Opportunist, ein Jasager, ein linientreuer Dulder.

Mein Weltbild hat jedoch deutliche Risse bekommen, als ich Gelegenheit hatte, Maestro Carl öfter zu erleben. Die grundlegende Lebensmaxime des Maestros hat sich mir schließlich bei einem der zahlreichen gemeinsamen Gaststättenbesuche erschlossen. Anfangs waren mir die sehr aufwändigen Bestellrituale des Maestros etwas unangenehm gewesen. Ich bin auch in diesem Punkt sehr bieder. Wenn ich etwas essen will, dann bestelle ich, was auf der Karte steht, und basta. Wenn auf der Karte Reis mit Thunfisch angeboten wird und Spagetti mit Bolognese, dann nehme ich entweder Reis mit Thunfisch oder Spagetti mit Bolognese.
Maestro Carl würde so schlicht nicht denken. Er würde überlegen, ob eventuell Reis mit Bolognese nicht die bessere Variante ist, oder vielleicht Reis mit Spagetti. Deshalb habe ich während solch

eines Gaststättenbesuchs, genauer während des Bestellrituals begriffen:
Nichts auf Gottes weiter Welt ist für Maestro Carl unabänderlich. Dies gilt für ihn in allen Lebenslagen. Ganz besonders aber gilt es für Speisekarten.
Eine Speisekarte ist für den Maestro keine Übersicht, welche Speisen in einem Lokal angeboten werden, sie ist ein Vorschlag. Sie ist prinzipiell kein akzeptabler Vorschlag, aber immerhin einer, über den zu reden der Maestro willens ist.
Nicht willens ist er, etwaige Vorlieben des Kochs auszulöffeln. Deshalb stellt der Maestro sein Menü prinzipiell selbst sorgfältig zusammen. Von dem einen Gericht die grünen Klöße, vom anderen die vegetarische Soße, vom dritten schließlich die Erbsen. Er bestellt Linseneintopf ohne Speck, Zwiebelsuppe ohne Zwiebeln und flambierte, alkoholfreie Banane. Bei Maestro Carls ausschweifender Recherche zur exakten Herkunft etwaig angepriesener Waldpilze ist schon mancher Kellner völlig grundlos dem Wahnsinn verfallen.

Neulich hat Maestro Carl zu meiner Überraschung ganz einfache Rühreier bestellt. Fast ganz einfache Rühreier. Ich dachte trotzdem, dass das nicht klappt. Aber er hat sie bekommen, seine Rühreier. Dies, trotz der ausdrücklichen Anweisung: Ich hätte sie gern geschüttelt, nicht gerührt.

Fahrstuhl zum Schafott

Maestro Carl ist ein gläubiger Mensch. Deshalb will er dem Himmel ganz nahe sein und muss ganz weit oben wohnen. Wenn es eine Anhöhe in der Stadt gibt, muss das Haus des Maestro auf dieser Anhöhe stehen. Wenn das Haus siebzehn Etagen hat, kann des Maestros Wohnung in keiner Etage unterhalb der ACHTZEHNTEN Etage liegen. Das Haus, wo ich ihn besuchte, hatte vier Etagen. Eine Treppe führte nicht in diese schwindelerregende Höhe. Dafür gab es eine Klingel inklusive Sprechanlage. Dort nahm ich die Anweisung des Maestros entgegen:
„Kommen Sie zum Fahrstuhl."
Kein Problem. Ich hatte den Hausflur auf der verzweifelten Suche nach einer Treppe bereits inspiziert. Ich wusste um den Fahrstuhl, und ich wusste, dass ich ihn nicht in Gang zu setzen vermag, weil für das Betreiben ein Fahrstuhlschlüssel vonnöten ist. Ich ging also zum Lift und wartete. Ich lief hin und her, und her und hin. Es dauerte. Vermutlich hatte der Maestro überraschend noch einen Anruf bekommen und konnte nicht weg, dachte ich, obwohl der Maestro sonst während eines Telefongesprächs freilich immer im Haus unterwegs ist. Manchmal geht er auch in die Pizzeria gegenüber während eines Gesprächs und wundert sich über die nachlassende Qualität der Verbindung.

Ich war gerade wieder ein ganzes Stück hergelaufen, als der Fahrstuhl ruckelte. Ich lief schnell hin. - Er war nicht angekommen. Er war abgefahren. Jetzt wartete ich direkt vor der Fahrstuhltür, denn der Maestro musste jeden Moment kommen. - Dachte ich. Aber er kam nicht. Erst zehn Minuten später, als ich bereits wieder mit Hin- und Herlaufen beschäftigt war, polterte des Maestros Stimme empört. „Wieso stellen Sie sich nicht in den Fahrstuhl?"

In den nächsten Minuten begriff ich, dass die Anweisung, „kommen Sie zum Fahrstuhl", nicht mehr und nicht weniger beinhaltet, als: „Gehen Sie zum Fahrstuhl, treten Sie hinein und beten Sie, dass ich den Fahrstuhl samt Insassen in mein Reich rufe." Öffnen lässt sich die Fahrstuhltür nämlich ohne Spezialschlüssel. Alle Gäste des Maestros begreifen das sofort. Alle außer mir, denn ich lebe sonst ja nicht in der großen Welt, sondern in einem kleinen Dorf. Selbst in den wenigen, in den Himmel ragenden Zweigeschossern unseres Ortes sind Fahrstühle einfach nicht üblich. Deshalb war dieses Ereignis erst meine zweite Berührung mit einem Fahrstuhl. Die erste hatte ich im Dorfkino. Gezeigt wurde damals der Krimi „Fahrstuhl zum Schafott".

Die Perlen des Soprangesangs

Einmal saß ich mit Maestro Carl an seinem Computer. Selbstverständlich hatte der Maestro wieder keine Minute zu verlieren, denn der Schreibtisch bog sich unter den Bergen an Arbeit. Außerdem mussten Briefe geschrieben, Konzertdaten eingegeben und Telefonate erledigt werden.
Trotz dieser Fülle an unaufschiebbaren Terminsachen hatte sich der Maestro für diesen Abend zusätzlich noch das schier Unmögliche vorgenommen: Er wollte mich für die besten Sopranistinnen unserer Zeit begeistern, und er wollte, dass ich künftighin jederzeit erkenne, ob da gerade Jessye Norman singt oder Edda Moser oder gar Birgit Nilson. Er nahm seinen Bildungsauftrag an mir sehr ernst. Dabei hatte ich ihn keineswegs ermuntert, in mir etwas anderes zu sehen, als einen höchst unmusikalischen Menschen. Genau genommen bin ich nicht nur unmusikalisch, sondern darüber hinaus ein Kulturbanause ohnegleichen, denn ich bin kein Freund des Gesangs, und daher ist es mir völlig schnuppe, ob da nun gerade Maria Callas singt oder aber Lieschen Schnickenpfennig aus der dritten Etage. Mein Bemühen um absolute Konzentration blieb also weitgehend erfolglos.

Endlich, nach einer halben Stunde, erkannte auch der Maestro entmutigt die Sinnlosigkeit seines Unterfangens. Er gab auf. Nur eine einzige Sängerin wollte er mir unbedingt noch zu Gehör bringen. Ich war nicht sonderlich gespannt. Aber wenn Maestro Carl sich etwas vorgenommen hat, dann zieht er das durch. Ohne Rücksicht auf Verluste, ohne Rücksicht vor allem auf meine überstrapazierten Nerven.

Ich beobachtete also müden Auges, wie Maestro Carl in Youtube nach dem nächsten Goldkehlchen fahndete. Er wurde fündig und startete die Aufnahme.

Ich wollte gerade verschämt gähnen, als der Gesang begann. Doch was heißt Gesang. Da gellte etwas so Außerordentliches, etwas nie Gehörtes aus den unendlichen Weiten des Internets, dass mir der Gähners im Halse stecken blieb. Eine Stimme wie ein ungeölter Kinderwagen, eine Muschelkern-Perle des musikalischen Niemandslandes drang an mein Ohr.
Die Interpretation der „Königin der Nacht" gelang dieser nach meiner ersten Ahnung möglicherweise weiblichen Person, ohne dass auch nur ein einziger Ton hätte in den Verdacht geraten können, richtig zu sein. Ich war völlig konsterniert.

Der Maestro beobachtete mich unterdessen von der Seite. Seine Mundwinkel zuckten, bis die Heiterkeit schließlich schallend aus ihm heraus brach. Nur selten habe ich Maestro Carl so unbändig und aus tiefstem Herzen lachen hören wie in diesem Moment. Was er mir da präsentiert hat, war eine Originalaufnahme von Florence Foster Jenkins, eine Sängerin, die gewiss ohne große Mühe die Mauern von Jericho zum Einsturz bringen konnte. Unter dem Gelächter des Maestros bebten nun auch schon die Wände des Arbeitszimmers. Der Maestro schüttelte sich vor innerer Wolllust. Aus seinen Augen schossen Tränen größter Heiterkeit.
Diese Musik war gewiss nicht schön, aber dennoch hatte sie das Höchstmögliche erreicht: Sie hatte Freude bereitet. Maestro Carl hat übrigens auch das Höchstmögliche erreicht: Es gibt jetzt eine Sopranistin, die auch ich mit traumwandlerischer Sicherheit unter Tausenden erkenne.

Einhundertfünftausendeinhundertzwanzig Anrufe im Jahr

Maestro Carl ist unglaublich bekannt. Er ist außerordentlich gefragt. Und er ist unvorstellbar beliebt. Jedenfalls bei seinen Fans.
Selbstverständlich hat Maestro Carl auch Feinde. Ehrlich verdiente Feinde, wie er stets betont. Doch von diesen missgünstigen, neidischen und also unverständigen und nichtswürdigen Menschen soll hier nicht die Redc sein, sondern eben vom Rest der Menschheit, also von den verständigen und würdigen Menschen. Unter diesen, wie gesagt, hat der Maestro eine schier unüberschaubar große Zahl von Bewunderern und Freunden. Er selbst beziffert seine Bekannten mit zirka zweihunderttausend. Auf dieser vorsichtigen Schätzung basiert eine Carlsche Berechnung, die mich im tiefsten Inneren erschüttert hat.

„Ich kann“, so rechnete der Maestro mir vor, „nicht einmal all meinen Bekannten zum Geburtstag gratulieren. Wenn ich mit jedem davon auch nur fünf Minuten am Telefon spreche, dann schaffe ich zwölf Anrufe in der Stunde, zweihundertachtundachtzig Anrufe am Tag, Einhundertfünftausendeinhundertzwanzig Anrufe im Jahr. Das heißt, ich brauche zwei Jahre, um alle meine Bekannten anzurufen.“

Bei dieser Vorstellung wurde mir schwarz vor Augen. Zwei Jahre Zeit, in denen der Maestro weder gegessen hatte, noch gearbeitet. Zwei Jahre, in denen er kein einziges Konzert gegeben hat, geschweige denn geschlafen. Und mir hatte der Maestro volle fünf Minuten seiner Zeit geschenkt, um mir diesen Sachverhalt vorzurechnen. Fünf Minuten, in denen keiner dieser Bekannten einen Anruf bekommen hat. Mit vor Ehrfurcht erstickter Stimme fragte ich, woher er denn alle diese Leute kennt. „Aus meinen Konzerten. Mein Publikum, das sind meine Freunde, meine Musikerfreunde. Und natürlich die Bäckersfrau von gegenüber, der vietnamesische Gemüsehändler, die Männer aus meiner Autowerkstatt ...“ Es folgte eine Aufzählung, die weitere fünf Minuten in Anspruch nahm.

Ich wurde verlegen, denn mir wurde klar: Ich hatte den bescheidenen Maestro völlig zu Unrecht der schamlosen Übertreibung verdächtigt.

Die Live-Aufnahme in St.

Einmal spielte Maestro Carl in der Kirche zu St. ein Festkonzert zu einem bedeutenden Jubiläum. Auf ewig sollten der Glanz dieser denkwürdigen Musikaufführung und die vertraute Stimmung der Kleinstadtkirche festgehalten werden.
Deshalb war eine Live-Aufnahme des Konzerts geplant. Der Maestro hatte dieses ihm vorgetragene Ansinnen bis zum Konzert glücklich wieder vergessen. Deshalb war es nur recht und billig, dass er sich, als es schließlich so weit war, gegen die für ihn nun völlig überraschende Live-Einspielung mit Händen und Füßen gesträubt hat. Doch der Maestro ist ein gutmütiger Mann. Seine Hilfsbereitschaft und sein Entgegenkommen kennen kaum Grenzen. Er stimmte der Aufnahme also ein zweites Mal zu. Diesmal allerdings unter Vorbehalt. Der Maestro bestand darauf, die Qualität der Aufnahme vor der Veröffentlichung persönlich zu prüfen. Man gewährte es ihm, denn die Ansprüche des Maestros sind so hoch, dass seine konstruktive Kritik einer Einspielung nur dienlich sein kann.

Das Konzert verlief bestens, die Aufnahme glückte. Aber tatsächlich hatte Maestro Carl gegen die ihm vorgelegte Rohfassung der CD geringfügige, kaum erwähnenswerte Einwände.

Genau genommen hat er mit Entsetzen in der Stimme ausgerufen:
„Die Aufnahmequalität ist ja verheerend!“

Bei dieser spontanen Einschätzung des Maestros wurde der ehrenwerte und hochverdiente Kantor der Kirche in St. blass. Ein für diese kleine Kirche geradezu bombastisches Musikerensemble war eingeladen worden. Man hatte nicht Kosten noch Mühen gescheut, um eine adäquate CD-Aufnahme vorzulegen. Und nun das!

Der Kantor war den Tränen nahe. Maestro Carl sah das Dilemma. Doch er ist keiner, der schnell aufgibt. Persönlich ist er ins Tonstudio gefahren und hat sich dieser „verheerenden Aufnahme“ angenommen.
Es wurde hier ein bisschen korrigiert, da ein bisschen verfeinert. Lange, mühevolle Stunden hat der Maestro in die Rettung dieser Aufnahme gesteckt. Und als er endlich die fertige CD anhörte, war er zufrieden. Die CD konnte erscheinen, und sie ging weg wie die sprichwörtlichen warmen Semmeln.
Manche Nörgler sagen dennoch hinter vorgehaltener Hand, dass der Klang der CD nicht hundertprozentig die Akustik der Kirche zu St. widerspiegelt. Das allerdings behauptet Maestro Carl auch gar nicht. Er schwärmt: „Es klingt, wie im Freiberger Dom.“

Besuch bei Freunden

Freundschaften muss man pflegen. Das sagt sich sehr einfach, wenn man für solche Freundschaftspflege genügend Zeit hat. Doch Menschen wie Maestro Carl müssen mit ihrer Zeit haushalten. Sehr viele Freunde und keine freie Minute, das muss einer erst unter den Hut bringen. Der Maestro schafft es.

Einmal habe ich des Maestros Anstrengung erlebt, die er in seine Freunde investiert.
Zwischen dem Gottesdienst in seiner Gemeinde am Sonntagmorgen und dem Konzert am Nachmittag lagen fünf Stunden. Außerdem lagen zwischen beiden Terminen zweihundertdreißig Kilometer, für die laut Navigationsgerät drei Stunden eingeplant werden mussten.
Ehe der Maestro tatsächlich starten konnte, verging noch eine Stunde, in der er hier etwas besprach, da das Programm für den Nachmittag kopierte und dort etwas zum Essen kaufte. Vier Stunden vor Konzertbeginn war also Start, und der Maestro rechnete kühlen Kopfes, dass er die Drei-Stunden-Strecke ohne weiteres in zweieinhalb Stunden schafft. Eineinhalb Stunden Zeit also, um einen kleinen Umweg zu Freunden zu wagen. Er hatte sich schon telefonisch angekündigt und fuhr nun wie der sprichwörtliche Henker, um eventuell noch weitere fünf Minuten

herauszuholen, die er mit seinen Freunden verbringen würde. Eine Umleitung und ein Schwerlasttransporter sorgten dafür, dass der Maestro doch länger für die Fahrt brauchte als eingeplant. Trotzdem: Eine Stunde und zwanzig Minuten vor Konzertbeginn klingelte der Maestro bei seinen Freunden. Er war am Ende seiner Kräfte. Mit dem letzten Fünkchen Energie ließ er sich in einen ausladenden Sessel fallen und ist augenblicklich eingeschlafen. Eine Stunde lang habe ich mit den freundlichen, aber mir gänzlich fremden Freunden des Maestros eine angeregte Konversation gepflegt.
Der Maestro schlief unterdessen tief und fest.

Schließlich mussten wir ihn wecken, denn wir mussten wieder los. Viel erfahren haben seine Freunde an diesem Nachmittag nicht von Maestro Carl. Aber keiner kann sagen, dass er sie nicht besucht hätte.

Maestro Carl setzt Zeichen

Manche Leute behaupten, dass Maestro Carl seinem Äußeren nicht genügend Beachtung schenkt. Dieser Behauptung muss ich entschieden widersprechen. Alles, was Maestro Carl tut, das tut er mit Bedacht. Wohl ist es wahr, dass der Maestro kein Modegeck ist. Doch das ist nicht Nachlässigkeit. Es ist Programm.
„Wer anders denkt, als seine Zeitgenossen", so das Credo des Maestros, „der muss sich auch anders kleiden." Der Maestro denkt sehr anders als seine Zeitgenossen. Sein Äußeres ist deshalb immer einzigartig, und es ist voll von intensiver Aussage. Jede seiner Jacken ist ein Kommentar zum Zeitgeschehen. Jedes Paar seiner Schuhe ist eine manifest gewordene These.

Manchmal ist die Aussage recht leicht zu entschlüsseln. Wenn der Maestro zum Beispiel seinen alten schwarzen Pullover überstreift, dann sagt das dem Betrachter auch ohne Worte: „Der geht noch. Warum soll ich Geld für einen neuen ausgeben?" Seine zerknautschten Hosen sind der stille Protest gegen unsere allzu glatt gebügelte Gesellschaft. Der wollene Schal bekundet unmissverständlich: „In vielen der Kirchen, in denen ich spiele, ist es fürchterlich kalt."

Oft freilich ist die Aussage seines progressiven Outfits deutlich subtiler. Auch ich bin daher längst nicht immer in der Lage, die Hintergründe seines extravaganten Äußeren zu entschlüsseln. Als er seine Haare länger wachsen ließ und sich eine Pagenfrisur zulegte, hielt ich das zunächst für Unentschlossenheit. Bis Maestro Carl mit Pathos in der Stimme verkündete:

„Heuer ist Liszt-Jahr!“

Maestro Carl komponiert

Es gibt Tage, die man nie vergisst. Dazu gehört für mich jener Tag im Mai, als ich in der Wohnung des Maestros erlebte, wie Kunst entsteht. Maestro Carl ließ mich eintreten, er begrüßte mich flüchtig, doch er schien mit seinen Gedanken abwesend. Wie in Trance schlurfte er zu seinem Klavier zurück. Den wenigen Satzfetzen auf dem Weg dahin konnte ich entnehmen, dass es angebracht war, sich still zu verhalten. Der Maestro setzte sich auf seinen Klavierhocker. Ich zog mir einen Stuhl heran und setzte mich ihm zur Linken.

Der Maestro nahm Bleistift und Radiergummi in die rechte Hand. Mit der Linken griff er in die Tasten. Er spielte nicht einmal einen ganzen Takt, da schnellte die Hand mit dem Radiergummi in die Noten. Wild strich der Maestro etwas aus und ersetzte es gleich darauf. Er spielte wieder. Erneut stoppte er nach weniger als einem Takt. Wieder arbeitete sich der Radiergummi wütend durch einen Akkord. Ich hörte aus des Maestros Mund Worte wie „Heterolepsis“ und „Saltus duriusculus“. Ich lauschte andächtig, und ich verstand nichts.
Immer wieder wechselten kurz angeschlagene Töne mit langen Streich- und Änderungsaktionen. Der Maestro komponierte. Er sprach von Quartparallelen und Dominantseptakkorden. Er

grummelte etwas von verdoppelten Terzen und entsetzte sich über eine verdeckte Parallele. Eine Stunde saß ich still da, oder war es doch eher eineinhalb Stunden, oder zwei? Zeit spielte bei dieser heiligen Zeremonie keine Rolle. Der Maestro hatte offenbar gänzlich vergessen, dass es eine Dimension wie die Zeit überhaupt gibt.

Ein älterer Herr, der an diesem Tag rechts des Maestros saß, hatte die Zeit nicht vergessen.
Irgendwann riss er den Maestro aus höchster Konzentration, indem er sagte, dass er jetzt wohl auch aufbrechen müsse. Maestro Carl schien von der Möglichkeit der Unterbrechung inmitten der Arbeit völlig fassungslos. Trotzdem packte er die Noten zusammen und gab sie dem Herrn. Er tat es offenbar ungern, doch was blieb ihm übrig.
Es war schließlich die Komposition jenes Hobbymusikers, die der Maestro nach allen Regeln der Kunst perfektionierte.

Der Cousin des Schwagers der Managerin

Es fällt Maestro Carl schwer, jemanden zu enttäuschen. Immer will er für alle da sein. Nie erteilt er leichtfertig eine Absage. Ein Riesenproblem, denn natürlich ist es dem Maestro ganz unmöglich, alle an ihn herangetragenen Wünsche zu erfüllen. Fast immer findet er Gründe, warum eine Offerte nicht abgelehnt werden kann.

Wenn er zum Beispiel für in Not befindliche Menschen spielen soll, dann kann er das nicht ablehnen. Wenn ein Veranstalter zwar ein Konzert veranstalten möchte, aber kein Geld hat, einen Künstler zu bezahlen: Maestro Carl ist zur Stelle. Wenn ein Freund ihn anspricht oder eine Freundin am betreffenden Haus als Garderobiere arbeitet, kann der Maestro nicht nein sagen.

Einmal saß ich neben Maestro Carl am Computer, als er über ein wenig lukratives Angebot nachdachte. Finanziell war die Offerte nicht von Interesse. Doch was schwerer wog: Nur ein Drittel des geplanten Konzertes sollte der Maestro spielen. Der Rest war einer Künstlerin aus der Schweiz vorbehalten. Der Maestro suchte nach Gründen, das Konzert dennoch zu spielen.
Er erzählte mir, dass die anfragende Managerin der Künstlerin früher in einer Apotheke gearbeitet hat. Ich kannte weder die Künstlerin noch die

Apothekenfachkraft. Also versuchte der Maestro, für mich eine tragfähige künstlerische Einordnung zu erarbeiten.
Er fand den Faden dazu bei Björn Casapietra, der irgendwann einmal mit der bewussten Künstlerin gearbeitet hat. Ein guter Einstieg, denn einmal bei diesem Tenor angelangt, gab es für den Maestro kein Halten. Er unterrichtete mich darüber, dass Casapietra der Sohn des inzwischen verstorbenen Dirigenten Professor Herbert Kegel und der Sopranistin und Kammersängerin Celestina Casapietra ist. Er strippte die Familiengeschichte bis ins zehnte Glied auf, und er gab mir zu jeder der angesprochenen Personen einen Kurzlebenslauf mit auf den Weg.

Irgendwo kurz hinter dem Schwager des Cousins der Managerin konnte ich den Ausführungen des Maestros nicht mehr hundertprozentig folgen. Doch als ich mich im Gewirr der familiären Verbindungen schon hoffnungslos verirrt hatte, kam der Maestro auf Casapietra zurück. Er suchte und fand Aufnahmen von ihm auf Youtube. Er spielte rund ein Dutzend davon ab. Schließlich fand er die Aufnahme eines Elvis-Presley-Songs, von dem er auch eine andere Version kannte. Er ließ mich dasselbe Lied gesungen von einem Sylter Gesangsduo begutachten, hatte anschließend noch weitere Versionen zur Hand und fragte mich nach vielen Hörproben schließlich, ob er das Konzert mit der Schweizer Künstlerin spielen solle. Ich wusste nun zwar, dass in der Musik alles mit allem zusammenhängt, hatte aber völlig vergessen, um welche Künstlerin es eigentlich geht.

Es gibt keinen Anstand mehr

Maestro Carl findet manche Menschen durchaus ermüdend. Doch er lässt es sich kaum anmerken. Einmal begleitete ich den Maestro, als er mit der Bahn zu einem Konzert fuhr. Die Bahnfahrt war lang, und so freute sich der Maestro, als sein Handy klingelte. Offenbar kannte er die Person am anderen Ende sehr gut. Seine Begrüßung fiel außerordentlich herzlich aus.
Der Maestro schwatzte ein wenig und hörte dann zu. Er gab eine kurze Antwort und lauschte erneut. In den nächsten fünf Minuten wurde er merklich einsilbig. Schließlich schnaufte er nur noch hin und wieder. Ich schaute zum Fenster hinaus auf die vorbei fliegende Landschaft.

Nach einigen Minuten blickte ich wieder zum Maestro. Er hatte das Telefon fest ans Ohr gepresst. Doch inzwischen konnte ich nicht mehr ausmachen, ob sein leichtes, regelmäßiges Prusten Zustimmung war, oder beginnendes Schnarchen. Nach einer Viertelstunde noch immer dasselbe Bild. Des Maestros Kopf war derweil allerdings auf seine Brust herunter gesunken. Die Hand mit dem Telefon war auf die Wange gerutscht. Langsam wurde ich neugierig, was ihm sein Gesprächspartner wohl so lange erzählte.

Nach einer weiteren Viertelstunde schließlich schreckte der Maestro hoch und rief noch in der Bewusstlosigkeit des Halbschlafs in den Hörer: „Hallo? Bist du noch dran? Hallo!“ Maestro Carl schüttelte verständnislos mit dem Kopf. Sein Gesprächspartner hatte ohne ein Wort des Abschieds ...

einfach aufgelegt.

Vorm Konzert

Niemals kommt Maestro Carl zeitiger zu einem Termin als unbedingt nötig. Auf der Fahrt zum Gottesdienst kurbelt er an der letzten Ampel die Scheibe herunter, um zu lauschen, ob es schon läutet, und er tritt dann mit dem letzen Glockenschlag durch die Eingangstür. Gerade rechtzeitig also, um seinen Kantorendienst in diesen heiligen Hallen zu verrichten. Bei Privatbesuchen schätzt er sorgfältig ab, wie viel Verspätung ihm gerade noch verziehen wird, und er nutzt diese Zeit gewissenhaft. Nur bei Konzerten, da will er immer und in jedem Falle pünktlich sein. Der Maestro kann sehr ungemütlich werden, wenn jemand ihn auf dem Weg zum Konzert behindert. Wenn zum Beispiel die Polizei mit unsinnigen Straßensperren für gänzlich irrelevante Großveranstaltungen den Verkehr aufhält.

Auf dem Weg zum Konzert in der Kirche zu N. waren wir wieder einmal spät dran. Doch immerhin fünf Minuten vor Veranstaltungsbeginn kamen wir an. Der Maestro stürmte los. Ich eilte hinterher. Die Kirche war brechend voll. Doch ich hatte Glück und fand schnell ein Plätzchen. Ich schaute zu Maestro Carl. Er hatte an diesem Tag eine blaue Jeans an und ein bunt kariertes Hemd. Und er stand exakt in diesem Aufzug vorm

Publikum. Er schaute sich um, fragte jemanden von der Kirche und bekam zu erfahren: Nein, einen Extraraum zum Umziehen gibt es hier nicht.

Die Zeit drängte. Der Maestro zog sein Hemd aus, kramte in seinem Beutel, holte seine Konzertjacke heraus und zog sie übers T-Shirt. Dann schaute er auf seine Hose. Auch die über dreihundert Besucher schauten auf die Hose von Maestro Carl. Er knöpfte seine Hose auf. Die Mimik der Besucher zeigte eine Mischung aus Verwunderung und Entsetzen. Mit gleichgültiger Gelassenheit zog der Maestro seine Hose herunter.
Er feixte keck ins Publikum. Unter der Jeans kam seine schwarze lange Konzerthose zum Vorschein.

Kleine Anleitung zur Beifallsbekundung

Als Konzertbesucher habe ich mich immer von zwei Binsenweisheiten leiten lassen. Binsenweisheit Nummer eins: Der Applaus ist das Brot des Künstlers. Binsenweisheit Nummer zwei: Viel hilft viel. Bei einem Konzert von Maestro Carl erlebte ich wieder einmal, dass viele Zuhörer es ebenso sehen. Nach dem Konzert brandete tosender Beifall auf. Der Maestro spielte eine Zugabe. Erneut tosender Beifall. Noch eine Zugabe. Tosender Beifall. Trotzdem nun keine Zugabe mehr.

Ich erwartete, dass ich nach dieser Huldigung auf einen hochzufriedenen Maestro treffen würde. Aber weit gefehlt. Mürrisch blaffte er mich an: „Was wollen denn die Leute noch? Soll ich mich nackisch vorne hinstellen?"

Ich löcherte nun den Maestro, um das für ihn korrekte Klatschverhalten zu erfragen. Mit folgendem Ergebnis: Eigentlich mag der Maestro gar keinen Applaus. Natürlich erwartet er trotzdem, dass geklatscht wird. Und zwar ordentlich. Allerdings erst nach dem letzten Programmteil. In einigen Fällen ist es freilich unumgänglich, dass die Zuhörer auch zwischen den Stücken applaudieren. Das allerdings darf nicht darüber hinwegtäuschen, dass auch das ganze Gegenteil hie und da angebracht ist: Es gibt Aufführungen, in denen selbst am Schluss nicht geklatscht werden darf. Wenn Applaus, dann niemals direkt in den Schlussakkord reinklatschen, sondern die Töne ausklingen lassen. Keinesfalls aber zu lange warten. Nichts ist unangenehmer als ein Publikum, welches nicht weiß, welcher Akkord der Schlussakkord ist und untätig verharrt, bis eine peinliche Stille eintritt.

Eigentlich lässt es sich ganz einfach zusammenfassen:
Planloses Klatschen ist eine unverzeihliche Entgleisung. Allerdings ist eine gewisse Spontaneität des Publikums durchaus unerlässlich.

Wann genau wie zu verfahren ist, das ist mir nach wie vor ein Rätsel. Nur ein Verhalten kann auch ich ohne weiteres als Todsünde erkennen: Wenn ein unaufmerksamer Zuhörer nach dem dritten Satz einer viersätzigen Sonate einen solistischen Klatschversuch unternimmt.

Von nördlich nach südlich von Leipzig

Immer wollen sehr viele Musikliebhaber Maestro Carl zu seinen Konzerten begleiten. Wenn das Fassungsvermögen seines Autos es zuließe, würde der Maestro zweifellos regelmäßig den halben Konzertsaal mit privaten Begleitern füllen. Doch des Maestros Auto ist nicht größer als andere Personenkraftwagen auch. Als ich ihn zu einem Konzert nördlich von Leipzig begleitete, waren alle regulären Sitzplätze in seinem Auto vergeben. Einer davon sogar doppelt, weil zwei dünne Menschen sich hineinteilten.

Schon auf dem Hinweg wurden wir angewiesen, uns die Sitzordnung gut einzuprägen, denn nach dem Konzert mussten sich alle sehr schnell und ohne Verzögerung wieder einschlichten, weil in enormer zeitlicher Nähe noch ein zweites Konzert südlich von Leipzig zu absolvieren war.

Die Begleitcrew war bestens instruiert. Doch als wir an der Kirche nördlich von Leipzig ankamen, erwartete den Maestro ein schier unlösbares Problem: Eine seiner allerbesten Freundinnen wartete bereits auf ihn. Sie wollte beide Konzerte des Tages hören. Doch weil Sie den Weg von nördlich von Leipzig nach südlich von Leipzig nicht kannte, wollte sie mit dem Maestro mitfahren. Selbst des Maestros Erfindungs-

reichtum reichte nicht aus, um weitere Personen in seinem Auto unterzubringen, also entschied er: „Du fährst hinter mir her!"
Gesagt, getan.

Nach dem Konzert brachen wir unverzüglich auf. Es war bereits dunkel. Die Freundin fuhr hinter uns, und der besorgte Maestro fragte alle zehn Sekunden: „Ist sie noch da?" Woraufhin ich mich jedes Mal umdrehte. Zunächst konnte ich mit einem beruhigendem „Ja" antworten. Nach wenigen Kilometern wurde der Abstand größer, und ich konnte nur noch mutmaßen, ob es des Maestros Freundin war, die da hinter uns fuhr. Als ich mir ziemlich sicher war, dass wir die Freundin nun doch verloren hatten, bekam der Maestro einen Anruf: Der Veranstalter wollte wissen, wann er kommt. Es waren noch fünf Minuten bis Konzertbeginn, und wir hatten noch eine Viertelstunde zu fahren. „Wir sind gleich da", beteuerte der Maestro und behauptete an einer Stelle zu sein, die wir zehn Minuten später passierten. Er raste. Das Konzert begann mit zehn Minuten Verspätung und wurde mit drei Zugaben beendet. Als wir wieder vor die Tür traten, parkte vor uns ein Auto ein: Auch die Freundin hatte es inzwischen von nördlich nach südlich von Leipzig geschafft.

Im Glockenturm

Jedes Erlebnis mit Maestro Carl ist ein besonderes Erlebnis. Dies gilt umso mehr für Fest- und Feiertage, für die markanten Höhepunkte eines Jahres. Einmal hat die Güte des Geschicks es mir erlaubt, den Maestro zum Jahreswechsel zu erleben.
Im Grunde ist das noch nichts Außergewöhnliches, denn viele Menschen erleben den Maestro zu Silvester. Das letzte Kirchenkonzert seines Jahres beginnt in aller Regel am 31. Dezember um 22 Uhr. Das Konzert jenes Abends war eine Viertelstunde vor Mitternacht zu Ende. Da die Konzertbesucher nun auf der Suche nach einem Sektglas eilends aus dem Haus strömten, dauerte die Verabschiedungszeremonie des Maestros kaum länger als zehn Minuten. Auch ich wollte mich verabschieden. Da fragte mich der Maestro, ob ich noch mit ihm auf den Kirchturm gehe. Ich zögerte keine Sekunde. Was könnte es Schöneres geben, als das neue Jahr mit Maestro Carl auf dem Kirchturm zu begrüßen. Wir stiegen die schmalen Treppen zum Turm hinauf. Es war dunkel, es war eng, und es ging hoch hinaus. Zu hoch!

Wir hatten den Glockenturm gerade erreicht, da begann das tonnenschwere Geläut sein symbolträchtiges Werk. Es läutete das neue Jahr ein. Dabei schwangen die Glocken genau über jenen schmalen Gang, den wir gerade in diesem Augenblick überqueren wollten, um zur Aussichtsplattform zu gelangen. Der Maestro blieb stehen. Ich blieb auch stehen. Zehn Minuten lang standen wir bei ohrenbetäubendem Lärm wie Sardinen auf der steilen Wendeltreppe. Die Menschen in der ganzen Stadt konnten den herrlichen Klang der Glocken hören. Aber gesehen haben das Wunderwerk dieses machtvollen Läutens zu jenem Jahreswechsel nur Maestro Carl und ich.

Umzug nach R.

Völlig unvermittelt empfing mich Maestro Carl eines Tages in seiner Wohnung mit den Worten: „Ich ziehe an die Ostsee." Ich schaute mich automatisch um, ob die Koffer schon gepackt sind, denn die Information kam so definitiv, als ob der Maestro jeden Moment das Umzugsauto erwartet. Aber alles sah aus wie immer. Der Maestro verhielt sich auch wie immer. Er ging schnurstracks in sein Arbeitszimmer und setzte sich an den Computer. Ich folgte ihm und setzte mich neben ihn. Offensichtlich wollte er mir etwas zeigen. Ich starrte gebannt auf den Bildschirm. Dort war die Internetseite des Ostseebades R. zu sehen. „R. ist doch eine schöne Stadt", meinte der Maestro. Um es zu unterstreichen, zeigte er mir die imposante Kirche des Ortes, das historische Stadtzentrum und den idyllischen Hafen. Dann wechselte er flugs zur Internetseite eines Immobilienmaklers, bei dem eine Jugendstilvilla zum Verkauf stand. „Das Haus kaufe ich. Das ist doch ein schönes Haus?" Ich prustete unschlüssig. Immerhin gab es hier offenbar nichts mehr zu diskutieren.

Schließlich erfuhr ich, warum es den Maestro so dringend nach R. zog: Die Stelle des Kirchenmusikers war dort vakant. Ich fand, dass sich der Maestro bei dieser Arbeit deutlich unter seinem Wert verkauft, doch er rechnete mir plausibel vor, wie viele Besucher in einen Touristenort wie R. strömen. Weil Maestro Carl immer von schnellem Entschluss ist, wollte er sofort wegen der Stelle anrufen.

„Jetzt?“, fragte ich überrascht. Es war Sonntag und es war bereits später Abend. Doch der Maestro hatte die Nummer schon eingetippt. Er erreichte den Pfarrer der Gemeinde und plauderte eine Viertelstunde mit ihm. Er fragte nach der vakanten Stelle. Er wollte wissen, warum der Vorgänger gegangen ist, wie viele Sänger der Chor hat, ob die Torte im Café S. noch so hervorragend schmeckt wie früher, und ob es in R. auch gerade regnet.

Als er den Hörer auflegte, schüttelte er missmutig den Kopf. „Das ist schon alles sehr spießig, und der Pfarrer ist völlig humorlos. Vielleicht ziehe ich doch lieber in den Schwarzwald.“

Die Grenzen des Multitaskings

Es mag sein, dass Maestro Carl nicht der Erfinder des Multitaskings ist, aber er ist gewiss eines der größten Multitaskingtalente, die je gelebt haben. Einmal saß ich neben ihm, als er am Handy mit einer Konzertagentur sprach. Nebenher aß er ein Eis und schlürfte ab und zu von seinem Cappuccino. Hin und wieder warf er mir einen Satzfetzen zu, um unser Gespräch wieder in Schwung zu bringen. Zwischendurch musste ich kurz das Eis halten, weil der Maestro recht eigentlich gerade dabei war, sich das Gesicht einzucremen. Schüchtern warf ich ein, es wäre eventuell besser, nicht so viele Dinge parallel zu tun. Doch der Maestro wischte diese Überlegung vehement vom Tisch, indem er ausrief: „Ich habe leider keine Hand mehr frei, sonst könnte ich jetzt nebenbei noch ein Buch lesen.“

Tatsächlich hatte er keine Hand mehr frei. Und ich war ihm sehr dankbar, dass er mit der einen Hand, in der er die Tube mit der Sonnencreme hielt, doch auch das Lenkrad ein wenig festhielt, denn er fuhr gerade mit etwa hundertachtzig Sachen auf der linken Spur der Autobahn an einer LKW-Kolonne vorbei.

Das Navigationsgerät

Für Maestro Carl ist es unerlässlich, in jeder Situation uneingeschränkte Entscheidungsgewalt zu besitzen. Immer muss er das sprichwörtliche Ruder in der Hand halten. Selbstverständlich ist das auch im Auto so. Auf einer sehr langen Autofahrt war der Maestro deshalb in der Bredouille: Es war noch sehr weit. Die Zeit war knapp. Und der Maestro konnte vor Müdigkeit die Augen kaum noch offen halten. In diesem Moment geschah das Unfassbare:
Maestro Carl überließ mir das Steuer seines Autos. Ich war auf einen so unglaublichen Vertrauensbeweis nicht vorbereitet. Ich hatte die zu fahrende Strecke keineswegs verinnerlicht. Trotzdem setzte ich mich frohgemut hinters Lenkrad. Der Maestro hatte das Navigationsgerät eingeschaltet und so tönte schon seit Fahrtantritt eine beruhigend streckenkundige Stimme aus diesem Apparat. Das war gut so, denn definitiv reichte des Maestros Vertrauen nicht so weit, dass er mir das Navigationsgerät gab. Er hielt es fest in der Hand.

Als ich losfuhr, spielte der Maestro noch ein wenig an seinem Navi herum. Dann schlief er ein. Ich kam gut voran. Allerdings kam ich auch an einigen sehr entscheidungsbedürftigen Autobahnkreuzen vorbei. Ich wunderte mich, denn das Navi gab

keinen Mucks von sich. Kurz bevor ich von der Autobahn abfahren musste, war zum Glück der Sprit alle. Ich fuhr an die Tankstelle. Während der Maestro tankte, hatte er sein Heiligtum im Auto liegen gelassen.
Geschwinde schnappte ich mir das Navi und versuchte herauszubekommen, warum es so beharrlich schwieg. Ich wusste es, kurz bevor der Maestro sich wieder neben mir niederließ: Er hatte den Ton ausgestellt. Ich stellte den Ton wieder an und sah mich für die Reststrecke bestens gewappnet. Ich wechselte ein paar Worte mit Maestro Carl, doch er war noch immer todmüde, und so sank sein Kopf nach wenigen Minuten erneut auf seine Brust. Er schlief tief und fest. Und wieder sagte das Navi nicht Miff noch Maff. Mit Argusaugen spähte ich nach jedem Verkehrsschild. Mehrmals musste ich den Maestro wecken, um mich nicht hoffnungslos zu verfahren. Mein erneutes Flehen um die Herausgabe des Navigationsgerätes blieb dennoch erfolglos. Als wir glücklich am Ziel waren, schaute ich klammheimlich nach dem Navi. Der Ton war eingeschaltet. Aber der Maestro hatte schlafen wollen. Also hat er die Lautstärke auf Null gedrosselt.

Nur dreihundertzwanzig Besucher

Maestro Carl ist ein großer Statistiker vor dem Herrn. Bei jedem Konzert zählt er sorgfältig die Zuhörer. Wegen der zumeist sehr großen Zahl von Menschen im Auditorium holt er sich zur Sicherheit nach dem Konzert aber auch gern noch eine Zweitmeinung ein. Zufrieden ist er mit den Besucherzahlen fast nie. Voll ist ein Konzertraum für ihn erst, wenn die Besucher so eng zusammengequetscht sind, dass jemand, der wegen akuter Atemnot ohnmächtig wird, in Ermangelung von ausreichend Platz nicht mehr umfallen kann. Wenn der Maestro auch nur ein einziges freies Plätzchen im Zuschauerraum entdeckt, rümpft er die Nase. Dem Bekümmernis über ein nicht restlos ausverkauftes Konzert folgt immer die bittere Klage über den Niedergang der Kultur, das Desinteresse an Musik, ein aussterbendes Klassikpublikum und die mangelnde Werbung für die Veranstaltungen.

Auf dem Rückweg von einem Konzert in B., einem kleinen Städtchen hoch im Norden, haben wir einmal unsere Zuschauerzählungen abgeglichen. Der Maestro hatte dreihundertzwanzig Besucher gezählt. Ich konnte ihn beruhigen, dass es doch fast dreihundertfünfzig waren. Reichlich zwei Dutzend Personen, die ganz hinten, direkt unter der Empore standen, waren dem Maestro verborgen geblieben. Doch ob dreihundertzwanzig oder dreihundertfünfzig – dem Maestro waren es viel zu wenige. Er stand im Begriff sein Besucherlamento anzustimmen. Ich kannte es zur Genüge und hatte keine Lust darauf. Trotzdem hätte ich um ein Haar in sein Wehklagen eingestimmt, einfach um ihn aufzuheitern. Doch dann entsann ich mich der proppenvollen Kirche. Das kleine Gotteshaus hatte recht eigentlich nur ein Fassungsvermögen von dreihundert Personen.

Unumstößliche Wahrheiten

Es gibt Leute, die können aus Scheiße Gold machen. Bei Maestro Carl hat es manchmal den Anschein, als ob er es umgekehrt versucht. Immer hat er zu mäkeln, nie ist er zufrieden. Und noch die größten Erfolge redet er klein. Das könnte man leicht für Defätismus halten, für systematisches Schlechtreden, für Schwarzmalerei. Doch bei Maestro Carl steckt mehr dahinter. Nicht von ungefähr lautet einer seiner Lieblingssprüche: „Dummheit ist eine Gottesgabe. Nur die Intelligenten leiden." Der Maestro ist augenscheinlich hochintelligent, denn er leidet immer. Dass er auch in Situationen leidet, die andere unbesehen als Glücksmomente erleben würden, liegt daran, dass es eben nicht nur eine Wahrheit gibt.

Freilich hat der Maestro zu allen Fragen über Gott und die Welt eine unumstößliche Meinung, aber nicht selten nennt er neben dieser ganz und gar unumstößlichen Meinung eine zweite Meinung sein eigen, die der ersten völlig widerspricht und doch genauso wahr ist.

Nach einem außerordentlich gut besuchten Konzert war der Maestro tief deprimiert. Dies, obwohl an diesem Abend wirklich kein Platz frei geblieben war. Kein Grund also, den Niedergang der Kultur zu beschwören. Und doch grummelte der Maestro unablässig. Er haderte so lange mit sich und der Welt, bis ich ganz verzweifelt ausrief: „Das Konzert war voll, was wollen Sie denn mehr?“

Scheel schaute er mich von der Seite an und antwortete missmutig: „Schon. Aber ist das so erfreulich?! Die Akustik dieses Raumes ist um ein Vielfaches besser, wenn er leer ist.“

Liebe Konzertbesucher!

Einmal hat mich Maestro Carl wirklich bitter enttäuscht!
Das hat eine Vorgeschichte: Ich hatte über drei Jahre lang sehr regelmäßig die Konzerte des Maestros erlebt. In dieser Zeit hatte ich weit über dreihundert Konzertprogramme gesammelt. Dies, obwohl ich aus Zeitgründen nicht einmal die Hälfte seiner Konzerte hörte. Immerhin bin ich jedoch zu einem eifrigen Programmzettel-Sammler geworden, denn irgendwann fiel mir auf, dass es sich immer lohnt, einen Programmzettel gründlich zu studieren. Längst bin ich über die statistische Auswertung hinausgewachsen, denn so ein Programmzettel enthält oft sehr spannende Zusatzinformationen. Im einfachsten Falle und fast immer findet man darauf den Hinweis: „Änderungen vorbehalten." In meiner Sammlung finden sich natürlich auch Anmerkungen wie: „Am Ausgang bitten wir um großzügige Spenden für notwendige Instandsetzungsarbeiten des Kirchturmes" oder „Unser Dank gilt", gefolgt von zwei Dutzend Sponsoren. Wirklich spannend wird es jedoch erst, wenn ein Veranstalter einen Absatz anfügt, der mit „Liebe Konzertbesucher" beginnt. Bei einer solchen Anmerkung wird schnell deutlich, dass Konzertbesucher durch sehr konkrete Anweisungen förmlich zum Liebsein gezwungen werden müssen.

„Im Interesse eines ungestörten Konzertverlaufs sind Fotografieren, Filmen sowie Tonaufzeichnungen während des Konzertes nicht gestattet.“ „Schalten Sie sämtliche elektronischen Geräte aus.“ Zu den Perlen meiner Sammlung gehören Anmerkungen wie: „Im Interesse eines geordneten Ablaufs möchten Eltern ihre Kinder so beaufsichtigen, dass von ihnen keine Störungen während des Konzertes ausgehen. Insbesondere ist ein Umhergehen in der gesamten Kirche zu vermeiden“ oder noch schöner „Jegliches Husten und Niesen ist während der Veranstaltung zu unterlassen.“

Nun also saß ich neben Maestro Carl und erlebte, wie solch ein Programmzettel entsteht. Ich hoffte auf ein Schmankerl für meine Programmzettel-Sammlung. Ich bebte dem Absatz „Liebe Konzertbesucher“ freudig entgegen. Doch nach dem letzten Stück schrieb Maestro Carl nur kurz und bündig: „Soli Deo Gloria“.

Der freie Tag

Im Leben von Maestro Carl gibt es nicht viele Tage, an denen er frei von jeder Verpflichtung ist. Wenn sich ihm aber doch einmal eine der seltenen Gelegenheiten bietet, ganz eigenen, privaten Interessen nachzugehen, dann will der Maestro alle möglichen Aktivitäten zwischen Muße und Abenteuer in diese wenige Freizeit einbetten. Wofür andere eine Woche brauchen, dafür muss dem Maestro oft eine Stunde genügen.

Am Morgen eines solchen freien Tages eröffnete mir der Maestro, dass wir heute einen Ausflug machen. Er schwärmte davon, wie gern er in der Natur ist, und dass die Bewegung ihm gut tun wird. Es war ein milder Frühsommertag. Ein paar schüttere Schönwetterwölkchen standen am Himmel.

Das Ausflugsziel war streng geheim. Jedenfalls hat der Maestro mir auch auf mehrfache Nachfrage nicht verraten, wohin es geht. Außerdem war unser Ziel ein ganzes Ende entfernt. Wir fuhren etwa hundert Kilometer auf der Autobahn, dann ging es über die Dörfer. Ich war gespannt, wo der Maestro anhalten würde. Es konnte nicht mehr weit sein, denn schon schlichen wir nur mehr gemütlich durch die Gassen. Der Maestro wies mich auf ein Haus hin, wo ein Kollege von ihm geboren war. Er berichtete mir über frühere Ausflüge in diese Gegend, und immer wieder rühmte er die schönen Flecken, an denen wir vorbeifuhren. Hatten wir ein Dorf hinter uns gelassen, beschleunigte der Maestro das Tempo. Doch bei jeder Ansiedlung wurde er wieder langsam und wiederholte seine Schwärmerei. Schließlich begriff ich, dass er am liebsten ewig so weiterfahren würde. Deshalb fragte ich ihn dann doch einmal ganz unvermittelt, ob wir hier nicht einmal ein paar Schritte laufen wollen, wegen der Bewegung und so.

Maestro Carl beschleunigte den Wagen sofort und rief frohgemut aus: „Aber wir bewegen uns doch? Schneller sind wir zu Fuß auch nicht.“

Mit freundlichen Grüßen

Maestro Carl ist sehr umgänglich. Immer gibt er den Menschen das Gefühl, dass ein sehr enges Vertrauensverhältnis besteht. Deshalb sagt, abgesehen von mir, fast niemand „Maestro Carl" zu Maestro Carl. Alle seine sehr guten Freunde, seine flüchtigen Bekannten, seine Anhänger und Fans nennen ihn nur Carli. Und sie alle schauen sehr verwundert und außerordentlich amüsiert, wenn ich den Maestro mit „Maestro Carl" anspreche.

Maestro Carl selbst ist auch manchmal von meiner Förmlichkeit belustigt. Inzwischen hat er sich aber daran gewöhnt, dass seine Genialität und Größe mir immer noch und immer wieder Ehrfurcht abnötigt. Einmal hatte ich sogar beinahe das Gefühl, dass ihm mein verbaler Respekt nicht ganz unangenehm ist. Das war, als Maestro Carl einen an ihn gerichteten Brief beantwortete. Der Maestro polterte los: „Diese Leute sind so despektierlich. Das ist ungehörig. Kein Anstand. Die wissen nicht, was sich gehört." Der Grund der Aufregung war die Anrede. Da hatte sich der Schreiber doch tatsächlich erdreistet, zu schreiben: „Sehr geehrter Herr Carl". Vom Titel Maestro war weit und breit nichts zu lesen. „Despektierlich", brummte der Maestro immer wieder vor sich hin, als er seine Antwort schrieb.

Es wurde dennoch ein freundlicher Brief mit vielen netten Worten und der Schlussfloskel: „Mit freundlichen Grüßen. Ihr Herr Carl".

Die Freundin des Maestros

Einmal lernte ich eine der allerbesten Freundinnen von Maestro Carl kennen. Sie begleitete ihn, gleich mir, zum Konzert. An diesem Tag verhielt ich mich mucksmäuschenstill. Schließlich bin ich nur flüchtig mit dem Maestro bekannt. Nun endlich durfte ich ihn mit einer richtigen Freundin erleben. Ich erhoffte mir aufschlussreiche Gespräche und vielleicht den einen oder anderen Einblick in des Maestros Privatleben. Doch ich wurde enttäuscht. Die Freundin war äußerst diskret. Im Beisein von Maestro Carl sprach sie gar nicht. Und wenn, dann übers Essen. Nur, wenn der Maestro sich ein wenig entfernt hatte, entschlüpften ihr hie und da ganz versehentlich ein paar Geheimnisse, und sie machte mich zum Mitwisser über ihre tiefe Vertrautheit mit dem Maestro. Sie verplapperte sich, und so erfuhr ich, dass sie im Grunde bei Maestro Carl wohnt und dass er ohne sie nicht sein kann. Ich staunte die Frau offenen Mundes an, als sie mir erzählte, dass sie zwar noch eine eigene Wohnung habe, aber doch nur pro forma.
Leider bekam ich nicht mehr heraus, warum sie nicht vollends zum Maestro zog, denn gerade kam derselbige wieder zur Tür herein und die Lippen seiner Freundin waren versiegelt wie zuvor.

Den ganzen Tag brannte ich darauf, mehr zu erfahren. Doch es wurde kein Wort mehr ge-

wechselt. Schließlich, nachdem der Maestro seine Freundin zu ihrer Pro-forma-Wohnung gefahren hatte, wagte ich es, ihn ganz direkt zu fragen: „Warum sprechen Sie so wenig mit dieser guten Freundin?“ Er reagierte überrascht. „Freundin? Wie kommen Sie denn darauf? Sie hilft mir ein bisschen im Haushalt. Deshalb nehme ich sie ab und zu mit zu Konzerten.“
Ich war perplex. Noch im Zustand völliger Verwirrung habe ich meine Frage wiederholt: „Und warum sprechen Sie nicht miteinander?“

„Ach“, sagte er gedehnt. „Wissen Sie, das ist ganz angenehm. Wir verstehen uns wortlos.“

Zwei Steinways

Fast alle Freunde von Maestro Carl sind Musiker. Und alle wissen, dass der Maestro sehr streng ist in seinem Urteil. Kaum ein Instrument oder gar ein Musiker kann vor seinen fachkundigen Augen ohne einen kritischen Kommentar bestehen. Trotzdem ist des Maestros unbestechliche Meinung überall gefragt.

Vor einem Konzert in T. hat der Maestro einen Abstecher zu einem befreundeten Musikerehepaar gemacht. Weil es immer ein großes Ereignis ist, wenn Maestro Carl zu Besuch ist, hatten sich auch weitere Musiker eingefunden. Das Haus war also voll und die Gelegenheit günstig, sich vom Maestro die außerordentliche Musikalität der ganzen Familie bestätigen zu lassen. Insbesondere war diese Bestätigung notwendig für das kleine Töchterchen des Hauses, welches dem Maestro sofort eine gute halbe Stunde vorspielte.

Das ganze Haus atmete das pure Künstlertum. Aus jedem Raum, aus jeder Nische sprach die große Könnerschaft der Bewohner. Jedes Detail der Einrichtung spiegelte den Perfektionismus wider, mit dem Musik hier betrieben wurde. Hier galt nichts als der Wohlklang der Musik, und dafür waren die allerbesten Instrumente gerade gut genug.

Während der Maestro die gewaltigen Fortschritte des Kindes bewundernd zur Kenntnis nahm, hatte ich Gelegenheit, mich davon zu überzeugen, dass diesen Profis für die Ausübung ihrer Kunst nichts zu teuer war. Allein im Anbau des Wohnzimmers standen zwei riesige Steinway-Flügel. Ich war geradezu starr vor Ehrfurcht.
Maestro Carl ist nicht so schnell zu beeindrucken. Als er die Instrumente sah, setzte er sich unverzüglich hin, um ihre Qualität zu prüfen. Nach einem schnellen Lauf über die Tasten stoppte er überraschend und bekundete ungerührt: „Der Flügel steht schief!“

Die heilende Wirkung der Musik

Maestro Carl leidet unter schweren Depressionen. Er findet das aber völlig in Ordnung und behauptet sogar: „Depressive sind überall in der Kunst zu Hause. Es wäre sonst auch langweilig.“ Allerdings ist der Umgang mit dem Maestro während seiner depressiven Phasen durchaus kein Vergnügen.

Einmal besuchte ich ihn, nachdem er mir am Telefon gesagt hatte, dass er gerade in einem mordsmäßigen Tief steckt. Ich wollte ihn aufmuntern, doch als er mich mit Leichen-bittermiene empfing, schätzte ich meine Erfolgsaussichten als sehr gering ein.
Der Maestro war ganz miserabel drauf und wenig gesellig. Da er immer behauptet, dass die schlechte Stimmung mit der Arbeit weggeht, wollte er sich umgehend über sein aktuelles Projekt setzen. Ich empfand das als eine sehr gute Idee. Jedenfalls bis ich wusste, was das aktuelle Projekt war:

Der Maestro beschäftigte sich gerade mit Gregorianischen Gesängen. Er legte nun also eine Musik auf, in der ganz schauderhaft Trübsal geblasen wird. Ich befürchtete das Schlimmste und warnte ihn deshalb eindringlich, dass diese Musik ihm bestimmt nicht hilft. Doch der Maestro behauptete, dass Musik heilende Wirkung besitzt

und dass gerade diese Klänge die reine Medizin sind. Ich war sehr skeptisch.
Doch tatsächlich: Nach einer Weile wurden die Gesichtszüge des Maestros ganz gelöst und strahlten eine innere Zufriedenheit aus. Er hörte und schwelgte, und schließlich wurde er sogar ganz gesprächig. Seine Depressionen waren wie weggeblasen und Maestro Carl war wieder richtig gut drauf. Bei mir allerdings erzielte diese Musik eine ganz gegenteilige Wirkung:
Ich war schwermütig geworden. Ich hatte Kopfweh bekommen und Beklemmungen.

Beim Wunderheiler

Wir waren wieder einmal zu einem Konzert unterwegs. Wie immer ging es dem Maestro elend. Wie immer war er krank. Es ging ihm aber gut genug, um die zweihundert Kilometer zu fahren. Es ging ihm auch gut genug, um das Konzert zu spielen. Es ging ihm sogar gut genug, um hinterher noch groß mit Freunden essen zu gehen. Doch ansonsten ... .

Diese Freunde wussten um die seit Jahren dauernden Leiden des Maestros, und sie hatten einen Geheimtipp für ihn. Nur knapp fünfzig Kilometer entfernt wartete die Lösung für alle Probleme des Maestros, so versprachen es die Freunde. Ein Termin war vorsorglich vereinbart. Da der Maestro nie leichtfertig seine Gesundheit aufs Spiel setzt, eilte er stehenden Fußes zu dem ihm angepriesenen Medizinmann. Die Fahrt endete bei einer entlegenen Gaststätte, deren Inhaber in seiner Freizeit medizinische Wunder vollbrachte.

Mit einem einzigen Blick hatte der heilkundige Mann gesehen, was den Experten so lange entgangen war: Der Maestro war krank!!! Sofort entführte der medizinkundige Gastwirt den Maestro in sein Geheimlabor und leitete lebensrettende Maßnahmen ein.

Mir war nicht recht wohl dabei. Doch ein Blick auf die Therapieliste zerstreute auch bei mir die letzten Zweifel.
Dieser Heiler war gleich dem Maestro ein Genie! Er konnte alles. Manuelle Therapie, Reflexzonenmassage und Lymphdrainage, Schröpfen, Pneumatische Pulsationstherapie, Hot Stone Behandlung und Colon-Hydro-Therapie, Moxibustion, Baunscheidtieren, Akupunktur, Aromatherapie, Entgiftungstherapie, Entsäuerungstherapie, Ernährungsberatung und, und, und. Die Liste war schier endlos.

Als der Heiler nach einer Stunde wieder mit dem Maestro erschien, waren Behandlungen vereinbart, deren Kosten im vierstelligen Euro-Bereich lagen. Für seine Gesundheit ist dem Maestro nichts zu teuer.

Die Einsichtigkeit seines Patienten ließ den Wunderheiler nun allerdings übermütig werden. Er schlug dem Maestro vor, sich während der dreiwöchigen Kur in seinem Etablissement zu erholen, anstatt täglich hunderte Kilometer zur Behandlung zu fahren. Damit hat er sich viel verscherzt. Drei Wochen ohne Konzerte – so krank ist der Maestro denn doch nicht.

Das Stille Gebet

Nichts, rein gar nichts ist für Maestro Carl schlimmer, als eine Störung seines Konzertes. Husten und Niesen sind für ihn schlimm. Durch unruhiges Sitzen verursachtes Bänkeknarren ist furchtbar. Schwatzen oder gar Zuspätkommen sind gänzlich unentschuldbar. Nichts erbost Maestro Carl so sehr, wie die leichtfertige Störung seiner Arbeit. Seiner Kunst. Es gibt das Gerücht, dass Maestro Carl einmal sogar einen schwarzen Lackschuh nach einem Bonbonpapierraschler geworfen haben soll. Das ist nun aber völliger Nonsens. Maestro Carl trägt keine Lackschuhe. Jedenfalls nicht an Orten, an denen Bonbonpapierraschler ihr Unwesen treiben.

Weil er aber aus leidvoller Erfahrung um die grenzenlose Marter weiß, die unachtsame Störenfriede zu verursachen in der Lage sind, ist Maestro Carl über alle Maßen rücksichtsvoll. Es ist ihm in höchstem Maße unangenehm, wenn er selbst es womöglich ist, der andere Menschen in ihrer Arbeit stört. Selbst dann, wenn es sich ganz offensichtlich um niedere Arbeiten handelt. Doch auch Maestro Carl ist nicht davor gefeit, sich daneben zu benehmen.

Das brachte ihn einmal in arge Bedrängnis, als im Gottesdienst sein Handy just mit Beginn des Stillen Gebetes laut und eindringlich zu klingeln begann. Gewiss hätte er es umgehend und ohne zu zögern zum Schweigen gebracht. Doch das winzige Gerät war so tief in seine vordere rechte Hosentasche gerutscht, dass es gänzlich unmöglich war, es dort bis zum Ende des Stillen Gebetes, ja bis zum Ende des Gottesdienstes herauszubekommen. Ein weniger genialer Mensch wäre in dieser Situation zweifellos in Panik geraten.

Der Maestro nicht. Er kippte langsam wie ein Sack Reis zur Seite, bis er sich in genau die Positur gebracht hatte, die ein Motorrad-Rennfahrer einnimmt, wenn er bei 200 Sachen nicht aus der Kurve getragen werden will. So blieb er sitzen und bedeckte das penetrante Klingeln mit seinen beiden Händen und seinem ganzen Körpergewicht. Natürlich wurde der aufsässige Anruf dadurch nicht gänzlich liquidiert. Doch aus dem schrillen Klingeln wurde Dank des vollen Körpereinsatzes von Maestro Carl ein lieblich-zartes, nahezu himmlisches Läuten. Ich allerdings hätte den herausragenden Erfolg dieser artistischen Glanzleistung um ein Haar zunichte gemacht. Nur der strafende Blick des Maestros hat gerade noch so verhindert, dass ich lauthals lospruste.

Der Tag, an dem der Maestro mich vergaß

Maestro Carl ist ein viel beschäftigter Mann. Er hat nie Zeit. Trotzdem gehört er zu den bestinformierten Menschen dieses Landes. Mir war lange Zeit ein Rätsel, wie er das macht. Doch ich bin der Sache auf den Grund gekommen. Und zwar genau an dem Tag, als Maestro Carl mich vergaß.

Ich hatte ihn besucht, und wir haben ein wenig geredet. Nebenbei hat er telefoniert und irgendetwas in seinem Archiv gesucht. Da ist es passiert. Er hat mich von einem auf den nächsten Moment vergessen. Da nützte es auch nichts, dass ich ihn ansprach und mich ihm in den Weg stellte. Er hörte und sah mich wohl, aber meine Anwesenheit war für ihn ohne Belang. Gerade so, als hätte ich eine Inventarnummer auf der Stirn, die mich als Einrichtungsgegenstand seiner Wohnung auswies. Es war später Abend, und Einrichtungsgegenstände pflegen spätabends keine Wohnungen zu verlassen.

Ich setzte mich also in einen Sessel und beobachtete den Maestro. Er war müde. Doch er ging nicht ins Bett. Stattdessen setzte er sich in einen Sessel neben mich, schaltete den Fernseher ein und schlief innerhalb von zwei Sekunden ein.

Ich grübelte, was ich tun soll und schlief darüber ebenfalls ein.

Am nächsten Morgen war mir die Inventarnummer offenbar von der Stirn gefallen. Der Maestro nahm mich wieder wahr, und er plauderte aufgeräumt über die neuesten Ereignisse auf dieser Welt. Er zitierte den jüngsten Wortschwall einer Regierungserklärung. Er erzählte mir den Inhalt einer Doku-Serie, in der hochschwangere Teenies beim Eigenheimbau Kunst und Krempel verhökern, und Dank einer Tierserie, die in der Nacht gelaufen war, wusste er Details zur Überlebensstrategie des Sibirischen Gelbschwanzlurches im globalen Klimawandel.
Ich selbst hatte einen steifen Nacken und verquollene Augen. Doch nie vorher bin ich so gut informiert durch die Welt gelaufen, wie an diesem Tag.

Im Rosengarten

Kleine Geschenke erhalten die Freundschaft. Das weiß jeder. Insbesondere wissen es die Freunde von Maestro Carl. Die Wohnung des Maestros ist deshalb voll von sehr nützlichen Sachen, die eine tiefe Freundschaft zu erhalten in der Lage sind. Und der Maestro ist Manns genug, sich der vielen Freundschaftsbeweise ohne Klage anzunehmen. Da stehen große, dicke Kerzen, auf welchen der halbe Lebenslauf des Maestros in gereimter Form nachzulesen ist. Auf dem Bücherregal lümmeln sich Hundertschaften von Engeln, Bergmännern, Mäusen, Elfen und Fröschen in der meisterlichen Pose des Maestros. Der Küchenschrank fasst mindestens zehnmal so viele Tassen mit Noten, Instrumenten und dem Antlitz des Maestros, wie die geräumige Spülmaschine im Falle der optimalen Befüllung aufzunehmen in der Lage ist. Die lieben Gaben türmen sich in und auf den Schränken. Und täglich kommt Neues hinzu.
An Festtagen wird die Sammlung der Liebenswürdigkeiten um besonders vieles und manchmal besonders Reizvolles ergänzt.

Einmal an seinem Geburtstag habe ich Maestro Carl einen Besuch abgestattet. Seine Zeit war begrenzt, denn immer wieder läutete das Telefon. Ein Berg Geburtstagskarten lag ungeöffnet im Arbeitszimmer, und vor dem Eintreffen weiterer

Gäste öffnete der Maestro noch das eine oder andere Päckchen.
Als er eine in goldenes Papier gewandete Gabe entblätterte, blieb mir der Mund vor Staunen offen stehen: Eine einzelne, langstielige rote Rose kam zum Vorschein. Ein Beipackzettel offenbarte das Wunder der „Ewigen Rose“: „die ganze Rose konserviert, samt Blättern und Blüte. Und genauso weich und samtig bleibt sie jahrelang erhalten!“

Den Inhalt eines beiliegenden Duftfläschchens verteilte der Maestro geschwinde auf die Rose, auf seine Hände, aufs Mousepad und alle in Griffweite befindlichen Gegenstände des Arbeitszimmers. Wir saßen in einem Duft, der jeden blühfreudigen Rosengarten auch in der Hochsaison in den Schatten gestellt hätte. Der Maestro war entzückt, als er den beigelegten Schwur ewiger Liebe las. Ich war begierig darauf, zu erfahren, wer dem Maestro so innig zugetan ist. Er auch. Das Päckchen aber war anonym abgegeben worden.

Wahre Größe

Wahre Größe lässt sich nicht leugnen. Maestro Carl will das nicht wahrhaben. Deshalb lässt er nichts unversucht, um sich auf Augenhöhe mit dem Kleinen Mann zu begeben. Immer sucht er den persönlichen Kontakt mit ganz normalen Leuten. Stets redet er seine Verdienste und Erfolge klein. Jederzeit ist er bereit, sich in den Dienst der kleinsten Häuser zu stellen, sein Können auch bei unbedeutenden Veranstaltungen zu zeigen. Ob seine Kunst gefragt ist oder seine finanzielle Unterstützung, der Maestro ist immer zur Stelle. So ist er auch regelmäßiger Gast in einer kaum fünf Kilometer von seiner Wohnung entfernten, kleinen Kirche.

Bei einem Konzert, welches Maestro Carl mit befreundeten Musikern gab, erlebte ich die große Dankbarkeit des dortigen Pfarrers. Eine geschlagene Viertelstunde dauerte dessen Dankesrede. Freilich gab es viel Anlass dazu. Der Maestro hatte sieben Musiker mitgebracht.
Der Pfarrer stellte alle sieben mit Namen, Werdegang und Verdiensten vor. Doch weil viel Engagement für so einen Konzertabend vonnöten ist, war des Pfarrers Rede damit nicht am Ende. Der Pfarrer bedankte sich mit vielen Worten beim Kirchenvorstand, der dieses Konzert nicht verhindert hatte. Er dankte den vielen Helfern,

welche die Stühle in Reih und Glied gestellt hatten. Er dankte dem ehrenamtlichen Einsatz, welches die Kirchenglieder beim Verkauf der Konzertkarten und am Einlass gezeigt hatten.
Mit scheuer Zurückhaltung tippte er schlussendlich auch sein eigenes, erwähnenswertes Engagement um diesen Abend an.

Die Besucher hingen mit immer größer werdendem Verlangen an des Pfarrers Lippen. Doch ganz unvermutet hatte dieser das Ende seiner Rede erreicht. Er hatte allen, allen gedankt, die auch nur im Entferntesten zu diesem nun folgenden Ereignis beigetragen hatten. Nur einer ist unerwähnt geblieben: Maestro Carl. Ihn hatte der Pfarrer keines Wortes gewürdigt. Nicht aus böser Absicht. Nicht aus Geringschätzung. Nicht einmal weil er ihn vergessen hatte. Der Pfarrer hatte den auf der Empore stehenden Maestro Carl wegen dessen schierer Größe einfach nicht gesehen.

N.

Einmal hat mich Maestro Carl angerufen, weil er wenige Tage vor einem Konzert die betreffende Kirche besuchen wollte. Er fragte mich, ob ich mit hinkommen mag. Ich habe sofort zugesagt, denn die zu besuchende Kirche stand in N., einem Ortsteil meiner Heimatstadt. Maestro Carl traf sich dort mit der Kantorin und prüfte die Orgel. Anschließend saßen wir noch ein paar Minuten zusammen. Weil ich weiß, wie sehr sich der Maestro immer auch für das Umfeld seiner Auftritte interessiert, habe ich ihn umfassend über das Örtchen N. unterrichtet. In diesem Falle war ich ausgezeichnet informiert.
Ich erzählte ihm also von den landschaftlichen Schönheiten, von einigen Originalen, die in N. wohnen und davon, dass der Ort regional geradezu berühmt ist für die Produkte seiner großen Fleisch- und Wurstwarenfabrik. Maestro Carl schüttelte sich. Schon der Gedanke an Fleisch und Wurst lässt ihn erschaudern, denn seit vielen Jahren ist der Maestro Vegetarier. Man sieht ihm das nicht an. Vielmehr ist Maestro Carl der lebende Beweis dafür, dass man durch Fleischverzicht keinesfalls einen Mangel an Leib und Seele davonträgt. Nachdem er mehrmals laut „brrrr" gemacht und „igittigitt" ausgerufen hatte, war das Thema erledigt. Immerhin sollte er ja in der Kirche auftreten und nicht in der Wurstfabrik.

Wenige Tage später sahen wir uns wieder, denn selbstverständlich wollte ich das Konzert in N. nicht verpassen. Es war phantastisch, der Beifall nahm kein Ende. Die Kantorin, die schon beim ersten Besuch ganz hingerissen war von Maestro Carl, war nun ganz aufgelöst vor Freude. Sie meinte, man habe lange überlegt, wie man ihm eine Freude machen könne und habe sich schließlich für etwas Außergewöhnliches entschieden: Freudestrahlend überreichte die Kantorin ihrem hochgeschätzten Gast das Beste, was dieser Ort zu bieten hatte:
Einen herzhaft duftenden Präsentkorb der Fleisch- und Wurstwarenfabrik.

Wai gait?

Als ich Maestro Carl schon einige Zeit kannte, hatte ich einmal enorme Probleme mit meinem Telefon. Ich hatte die Nummer des Maestros gewählt, doch am anderen Ende war nur ein undefinierbares, fernes Schnaufen zu hören. Ich meldete mich und lauschte. Da tönte aus dem Hörer mit seltsam hoher Stimme: „Wai gait?“ Erschrocken rief ich in den Apparat: „Hallo, hallo?“ Erneut seltsame Geräusche. „Jouhjouh, wai gait?“

Es gab nur eine Erklärung: Ich war wohl versehentlich in China herausgekommen. Bestürzt stammelte ich eine kurze Entschuldigung und legte schnell auf. Die Vorstellung, was mich ein solches Telefonat nach China kosten mag, beunruhigte mich entsetzlich. Als ich den größten Schock überwunden hatte, suchte ich erneut des Maestros Nummer heraus. Ich konnte meinen Fehler nicht entdecken und verifizierte die Nummer in zwei Telefonbüchern und im Internet. Dann wählte ich mit zitternden Händen erneut.

Wieder war China dran! Ein fernes Schnaufen. „Wai gait? ... Jouhjouh, wai gait?“ Ich nahm allen Mut zusammen, tat, als sei der Maestro am Apparat und fragte gespielt arglos, wie es ihm denn ginge. Da geschah ein Wunder:

Tatsächlich hörte ich jetzt des Maestros Stimme. Er klagte mir in vertrauter Weise sein Leid, denn es ging ihm gerade ganz elend. Ich war unendlich erleichtert, und während er so zu mir sprach, kam mir eine Erleuchtung.

Der Ausruf „Wai gait?“ ist eine von Maestro Carls Grußformeln. Genauer gesagt ist es seine chinesische Verklausulierung für „Wie geht es Ihnen?“ Inzwischen kenne ich des Maestros indianische, bengalische, aserbaidschanische und hebräische Begrüßungsformel. Aber nie wieder bin ich so erschrocken, wie bei China.

Thüringer Klöße

Auf der Fahrt zu einem Konzert in E. kannte Maestro Carl nur zwei Vokabeln: „Feuerkugel" und „Thüringer Klöße". Bei der Ankunft in der Stadt mussten wir allerdings weit entfernt von der gerühmten Lokalität parken. Es war Vorweihnachtszeit, und die gesamte Innenstadt war wegen eines Weihnachtsmarktes für den Verkehr gesperrt. Missmutig und mit großer Entschiedenheit stellte Maestro Carl fest: „Feuerkugel schaffen wir zu Fuß nicht mehr. Dafür ist die Zeit zu knapp."
Ich bedauerte es sehr, denn in gut einer Stunde Fahrzeit hatte mich der Maestro restlos davon überzeugt, dass es deutschlandweit keine besseren Thüringer Klöße gibt als in eben jener Gaststätte.

Anstatt Feuerkugel hieß das neue Minimalziel nun Bummel über den Weihnachtsmarkt. Ich wusste um die Gefahr dieses Unterfangens, und ich passte höllisch auf. Trotzdem: Nach nicht einmal einer halben Minute hatte ich den Maestro im Gedränge aus den Augen verloren. Ich schaute am Lebkuchenstand, ich lief an der erzgebirgischen Volkskunst vorbei und am Glühwein. Nichts. Nirgends auch nur ein Zipfel des Maestros. Die anberaumte Aufbruchzeit war inzwischen auf die Minute heran. Ich versuchte den Maestro über sein Handy zu erreichen. Es war abgeschaltet. Da entdeckte ich eine Reisegruppe mit Stadtführer. Nur pro forma fragte ich den Ortskundigen, wie ich zur Gaststätte Feuerkugel komme. Der Mann erklärte mir den Weg. Eine Zehn-Minuten-Strecke. Nur: In zehn Minuten wollten wir den befreundeten Konzertveranstalter treffen. Wohin also gehen? Ich war noch unentschlossen, in welche Richtung ich aufbrechen sollte. Da klingelte mein Telefon. Ohne große Vorrede fragte der Maestro mich leicht verärgert:

„Wo bleiben Sie denn?"

Er war in der Feuerkugel, und die Thüringer Klöße waren bereits bestellt.

Bei Rot musst du warten, bei Grün darfst du starten

Oft beklagt sich Maestro Carl, dass niemand auf ihn hört. Viele seiner Anweisungen, Ideen und Ratschläge fallen nicht auf fruchtbaren Boden. Gelegentlich ist eine partielle Mitschuld von seiner Seite allerdings nicht zu leugnen.

Eines Tages wollte ich den Maestro besuchen. Vorm Haus des Maestros stand ein Herr in halb gebückter Haltung und studierte intensiv die Aufschriften an der Klingelanlage. Sechs Klingeln, also sechs Namen. Ich fragte mich, was es da groß zu suchen gab. Als er mich bemerkte, richtete sich der Herr auf und fragte. „Entschuldigen Sie, der Herr Carl, der hier wohnt - können Sie mir sagen, ob das der Maestro Carl ist?“ Die Klingelaufschrift des Maestros ist an Schlichtheit kaum zu übertreffen. Es steht dort in fetten Lettern „Carl“. Kein Vorname. Kein Titel. Nichts. Ich bestätigte die Vermutung und fragte, ob er schon geklingelt habe. „Ei freilich. Ich bin ja mit ihm verabredet“, wurde mir bestätigt, „aber es ist wohl keiner daheim.“

Ich wusste es besser, denn ich hatte den Maestro vor zehn Minuten angerufen und meinen Besuch angekündigt. Ich klingelte also nochmals. Aus der Türsprechanlage kam kein Laut.

Trotzdem plapperte ich nach wenigen Sekunden ungeniert drauf los. Ich verkündete meinen Namen und sagte, dass ich jetzt zum Fahrstuhl komme. Dies zur sichtbaren Verblüffung des neben mir stehenden Herrn. Von der anderen Seite der Sprechanlage kam auch jetzt kein Ton.

„Kommen Sie“, drängte ich zur Eile und schob den Herrn durch die Haustür. „Aber ...“ Er war irritiert. Während wir in den Fahrstuhl stiegen und warteten, klärte ich ihn auf. „Haben Sie das grüne Lämpchen an der Türsprechanlage gesehen?“ Nein, hatte er nicht. „Darauf müssen Sie achten. Wenn es grün leuchtet, ist der Maestro dran und kann Sie hören.“ Der Herr fragte, warum der Maestro nichts sagt. „Nun“, sinnierte ich, „Er sagt sicherlich etwas. Aber Sie können es nicht hören. Die Sprechanlage ist seit einem halben Jahr kaputt.“

Der Flur

Seine Wohnung ist für Maestro Carl ein Quell stetigen Ärgers. Vor allem ärgert er sich über den vierstelligen Mietbetrag. Einmal behauptete er, dass er über die Hälfte des Mietbetrages für den Flur berappt. Als ich den Maestro besuchte, zeigte er mir seine Wohnung. Nach dem Rundgang war mir klar: Die Wohnung von Maestro Carl vereint alle Eigenschaften in sich, die eine Wohnung NICHT haben sollte. Das liegt vor allem daran, dass die große Wohnung vorher zwei kleinere Wohnungen waren. Offenbar waren es zwei kleinere Wohnungen, die niemand haben wollte, weil jede dieser kleineren Wohnungen aus dem Zusammenfügen zweier winziger Wohnungen entstanden war. Der Zuschnitt ist genau so, wie er bei vier winzig kleinen Wohnungen zu erwarten ist: Die Wohnung befindet sich auf zwei Etagen, sie hat einen riesigen Flur, eine Wendeltreppe, eine normale Treppe, ein großes Bad, einen kleineren Waschraum, einen ganz kleinen Waschraum und ein Zimmer mit Waschbecken.
Erstaunlicherweise hat die Wohnung nur eine Küche mit Durchreiche zum einzigen großzügigen Raum, dem Wohnzimmer. Außerdem gibt es zirka ein Dutzend Zimmerchen, Kabuffs und Abstellräume, die zu nichts zu gebrauchen sind, außer vielleicht dazu, Platzangst zu verursachen. Das wird dadurch verstärkt, dass die Fenster der

Wohnung kaum mehr sind, als verglaste Gucklöcher. Dort, wo Maestro Carl ihn braucht, ist kein Platz. Dort, wo man nichts damit anfangen kann, ist Platz ohne Ende. Deshalb stehen bei Maestro Carl drei riesige Ledersofas, ein großer Tisch und zwei stattliche Wäscheschränke nicht in den Wohnräumen ... sondern ebenso wie die geräumige Garderobe, die vier ewig zu kleinen Schuhschränke, zwei nimmerleere Wäscheständer, das Fahrrad, zwei Staubsauger, zwei dutzend Eimer und die Altglaskartons ... im Flur.

Die Weihnachtskrippe

Maestro Carl ist sehr traditionsbewusst. Als er ins Erzgebirge zog, hat er sich deshalb sofort und sichtbar der dortigen Volkskunst angenommen und sich siebzehn Schwibbögen zugelegt. Für jedes Fenster einen. Da er nicht die Zeit hat, jedes Jahr Anfang Dezember siebzehn Schwibbögen aufzubauen, und weil ihm auch die Zeit fehlt, die siebzehn Schwibbögen Anfang Januar wieder wegzupacken, deshalb hat Maestro Carl sie zu Ganzjahresschwibbögen ernannt. Sie stehen vom ersten Januar bis zum 31. Dezember. Keinen Tag kürzer, aber auch keinen Tag länger.

Trotz dieser Dekoration will Maestro Carl seine Wohnung zu Weihnachten besonders weihnachtlich gestalten. Einmal besuchte ich den Maestro am Heiligen Abend. Außer den Schwibbögen deutete nichts auf Weihnachten hin. Allerdings lief der Maestro urplötzlich in den Flur, zeigte auf einen großen Karton und sagte: „Die könnten wir jetzt eigentlich aufbauen."

Ich schaute verdutzt: Es war bereits nach Mitternacht. Der Karton enthielt eine große Weihnachtskrippe. Der Maestro hatte bereits einen niedrigen Schrank auserkoren, auf dem der Weihnachtsschmuck stehen sollte. Wir packten aus. Eine große Krippenlandschaft aus Wurzelholz, Baumschwamm, Moos und Rinden kam zum Vorschein. Wir stellten sie hin und schlossen ein kleines elektrisches Lämpchen an. Dann setzte sich Maestro Carl mit kindlicher Freude vor die Krippe, ließ sich von mir Ochs und Esel, Hirten und Schafe reichen und baute die Szenerie liebevoll auf. Lange überlegte er, wie er die drei Weisen aus dem Morgenland anordnet, und schließlich, das erste Tageslicht des ersten Weihnachtsfeiertages brach bereits durch die Schwibbögen, bekamen Joseph, Maria und das Jesuskind ihren Platz.

Am ersten und zweiten Weihnachtsfeiertag war Maestro Carl zu Konzerten unterwegs. Deshalb meinte ich, dass sich der Aufbau der Krippe kaum gelohnt hat. Doch ich sagte nichts, und das war gut so. Als ich zu Ostern beim Maestro war, hatte er sich noch nicht satt gesehen an der Krippe. Im Sommer wirkte das gute Stück ein wenig deplaciert. Doch seit jenem Jahr steht des Maestros Weihnachtskrippe zuverlässig auch vom ersten Advent bis Hochneujahr.

Das Lagerfeld-Syndrom

Maestro Carl ist nicht dürr.
Vermeintliche Kenner des Maestros werden das für selbstverständlich halten. Auch wirkliche Kenner des Meisters werden sich wundern, dass ich das so betone. Der Maestro ist kein Kostverächter. Er schmaust gern und viel. Doch es gab Zeiten, in denen die ernste Gefahr bestand, dass Maestro Carl dünn wird. Sehr dünn. Streng genommen sogar spindeldürr.

Zu jener Zeit ergab es sich, dass ich gemeinsam mit dem Maestro in dessen Küche zu Abend speiste. Nun bin ich keineswegs anspruchsvoll. Doch das Angebot auf dem riesigen Tisch trieb mir die Tränen in die Augen. Es gab NICHTS.

Das heißt, es gab schon etwas:
Dinkelvollkornbrot, Olivenöl und ein vegetarisches Etwas von äußerst zweifelhaftem Aussehen. Ich fragte den Maestro nach Butter und bekam einen Vortrag über die Schädlichkeit von tierischen Fetten und Cholesterin. Der Vortrag war so umfangreich, dass selbst ich als Atheist ihn gern und ohne zu zögern gegen ein Tischgebet getauscht hätte. Meine Frage nach Käse wurde beschieden mit: „Zu fett." Die immerhin denkbare Frage nach Wurst war bereits im Buttervortrag vollständig beantwortet worden.

Wenigstens gab es gegen den allergrößten Hunger noch einen kräftigen Hagebuttentee.

Der Maestro war zu diesem Zeitpunkt so dünn wie schon lange nicht mehr. Ich fragte ihn deshalb, wie dünn er denn noch werden wolle. Zuversichtlich antwortete er: „So dünn wie Karl Lagerfeld." Auf dem jüngsten Foto, welches ich von Herrn Lagerfeld gesehen hatte, sah der aus, wie Mick Jagger vermutlich nach einer mehrwöchigen Hungerkur aussehen würde. Ich stellte mir Maestro Carl mit dieser Figur vor, und ich war sehr beunruhigt.

In den nächsten Monaten beobachtete ich klammheimlich des Maestros Essgewohnheiten. Dabei stellte ich fest, dass er allmählich wieder etwas mehr aß. Bald schon deutlich mehr. Und schließlich wieder ganz normal. Als nicht mehr zu befürchten war, dass der Maestro sich zu Tode hungert, fragte ich ihn, was denn aus seiner Karl-Lagerfeld-Diät geworden sei. „Ach", winkte er gleichgültig ab. Dann gab er sich einen Ruck, straffte seinen Körper und ließ mich zum erstem Mal seit Monaten wieder jene Maxime hören, die ich so vermisst hatte: „Ich bin ein Barockengel."

Von der Redekunst

Es gibt zwei Arten von Menschen. Die einen neigen zu langwierigen, ermüdenden und oft völlig unverständlichen Erklärungen. Die anderen haben die Gabe, sich kurz zu fassen. Maestro Carl lässt sich hier, wie überall, in kein Schema pressen. Er kann beides. Und zwar kann er beides perfekt.

Wenn Maestro Carl über die Missstände dieser Welt doziert, dann nutzt er die Kunst des ausführlichen Vortrages. Vermutlich könnten alle Probleme auf Erden gelöst werden, wenn es gelänge, den Ausführungen des Maestros während eines solchen gesellschaftskritischen Referates bis zum Ende zu folgen. Leider vermag ich über die zeitlichen Ausmaße keine näheren Angaben zu machen, weil ich inmitten der komplexen Betrachtungen regelmäßig in einen mehrtägigen Dornröschenschlaf falle. Im Gegensatz zu Dornröschen kann ich allerdings problemlos durch den Klang des Essensgongs wiedererweckt werden.

Die Würze der Kürze hingegen nutzt Maestro Carl, wenn es um seine eigene Person geht. In bewundernswerter Präzision gelingt es dem Maestro, zu allen ihn betreffenden Fragen mit nur einem Satz zu antworten. Und ganz gleich, worum es geht: Die Sentenzen sind so treffend, dass dem

Maestro ganze drei (in Worten DREI!!!), absolut schlüssige, bis ins letzte Detail ausgefeilte und perfektionierte Leitsätze genügen, um auf alles, wirklich alles, absolut schlagkräftig zu reagieren. Ich habe des Maestros Weisheiten im Selbstversuch einem Härtetest unterzogen und kann sie nur wärmsten empfehlen. Bei korrekter Anwendung können alle Stürme des Lebens mit folgenden Maestro-Carl-Zitaten bewältigt werden:

Erstes Zitat: Die Antwortverweigerungsantwort

Maestro Carl ist ein überaus begehrter Künstler. Das unverzichtbare Fundament seiner Minimalrepliken ist daher aus gutem Grund seine eherne Antwortverweigerungsantwort, die da lautet: „Alle wollen etwas von mir."

Obgleich ich diese rhetorische Perle sehr oft aus des Maestros Mund hörte, habe ich lange gebraucht, bis ich den unschätzbaren Wert dieses Satzes in vollem Umfang begriffen habe. Ich hatte „Alle wollen etwas von mir" zunächst für eine harmlose Floskel gehalten. Doch weit gefehlt. Niemals folgt der Antwortverweigerungsantwort auch nur ein einziges Wort zur Beantwortung einer Frage. „Alle wollen etwas von mir" ist die vollständige Antwort auf Fragen wie „Wie geht es Ihnen?", „Wäre es möglich, dass wir nach dem Konzert noch einen Kaffee trinken gehen?", „Würden Sie mir bitte ein Autogramm geben?" oder „Sitzen Sie möglicherweise auf meinem blauen Seidenschal?"

Das begreifen leider nicht alle Leute sofort. Ich selbst habe manche Frage an den Maestro wiederholt, weil ich glaubte, er habe nach jenem „Alle wollen etwas von mir" nur einfach vergessen, mir auch noch meine Frage zu beantworten. Falsch! „Alle wollen etwas von mir“ lässt sich sinngemäß übersetzten mit: Lassen Sie sich überraschen! Möglich, dass Maestro Carl daraufhin das gewünschte Autogramm gibt. Nicht ausgeschlossen, dass er einen Seidenschal unter seinem Gesäß hervorzaubert. Wenn Maestro Carl seinem „Alle wollen etwas von mir“ überhaupt noch etwas folgen lässt, dann sind es Taten. Man kann freilich auch nochmal nachfragen: „Geben Sie mir wohl bitte noch einmal Bescheid?“ Doch wer wüsste die Antwort darauf nicht vorher: „Alle wollen etwas von mir.“

Zweites Zitat: Der Lateiner

Maestro Carl ist ein Künstler, und jedes Kind weiß, dass ein Künstler ohne Marotten gar kein richtiger Künstler sein kann. Was allerdings keine Rückschlüsse auf den umgekehrten Fall zulässt. Sehr wohl gibt es sehr viele Menschen mit Marotten, die weit davon entfernt sind, Künstler zu sein. Bei Maestro Carl steht beides jedoch ganz außer Frage: Sowohl seine Kunst, als auch seine Marotten sind schlichtweg unübertroffen.

Letzteres hat zur Folge, dass er mit seinem Benehmen hie und da ein wenig aneckt. Das ist allerdings überhaupt nicht schlimm, denn Maestro Carl weiß sich zu helfen. Er hat sich eine Weisheit zu Eigen gemacht, mit der er jeden Tadel, jede vorsichtig vorgebrachte Missbilligung, jeden theoretisch denkbaren Vorwurf im Keim erstickt. Ob sanfter Rüffel oder schwere Maßregelung: Mit seinem Lateiner stopft Maestro Carl jedem garstigen Nörgler das lästerliche Maul. Der Lateiner geht dem Maestro sehr leicht von den Lippen, denn er wird sehr oft gebraucht. Wenn zum Beispiel des Maestros Auto durch allzu große Eile und ein winziges Maß an Unaufmerksamkeit so unglücklich zum Halten kommt, dass es den Haupteingang und den Behindertenparkplatz eines wichtigen Hauses versperrt, dann fragt schon mal der eine oder andere vorwurfsvoll: „Wenn das nun jeder machen wollte?" Maestro Carl sagt in solchen Momenten mit bedeutender Miene: „Quod licet jovi, non licet bovi." Zu deutsch: Was Jupiter darf, das darf der Ochs noch lange nicht. Jupiter Carls Auto hat Dank dieses schönen Satzes das Recht, überall zu stehen. Doch der Lateiner leistet nicht nur im Straßenverkehr gute Dienste. Er ist auch sehr nützlich, wenn der Maestro der Öffentlichkeit Kostproben seines schauspielerischen Könnens gibt. Einmal habe ich mich gewagt, den Maestro vorwurfsvoll zu fragen: „Was würden Sie denn sagen, wenn ich so etwas mit Ihnen mache?". Das war im chinesischen Restaurant, als er formvollendet und in höchsten Tönen bestellt hatte: „Wil mösten geeln dlei Olangensaft, zweimal vegetalische Leispfanne und eine geblatene Ente." Er grinste mich an und lispelte in unverminderter Stimmlage: „Was Jupitel dalf, das dalf del Ochs noch lange nisst."

Drittes Zitat: Reden können sie alle

Reden können sie alle. Doch mit Sprüchen allein wäre wenig getan, gäbe es nicht dieses unentbehrliche Fundament, diese Mutter aller Erwiderungen. Ein Leben ohne Maestro Carls verbale Allzweckwaffe wäre auch für mich längst undenkbar.

Doch um Waffen nutzbringend einzusetzen, muss man den Umgang mit ihnen beherrschen. Das ist bei einer indianischen Kugelkopfkeule genauso, wie bei jeder handelsüblichen Kalaschnikow. Die verbale Allzweckwaffe des Maestros lässt sich zwar gelegentlich auch ganz locker aus der Hüfte abfeuern. Ihr Wert aber besteht darin, dass bei entsprechender Vorbereitung jeder Gegner nicht nur mühelos, sondern vor allem sehr genussvoll erlegt werden kann.

Reden können freilich alle, aber ich bin in diesem Fall besonders aussagefähig. Ich wurde oft erlegt, denn meine Debattierfreude ist fast grenzenlos. Oft habe ich mit Maestro Carl stundenlang die verzwicktesten Probleme besprochen.
Nach tagelangem Abwägen aller Argumente habe ich manches Mal irrtümlich gemeint, wir stünden kurz vor der Lösung eines Problems. Doch immer wieder musste ich verblüfft feststellen: Maestro Carl hat mit all den Wortgefechten nur seine

liebste Waffe in Stellung gebracht. Wenn ich heute wegen einer defekten Glühbirne im Flur leichthin sage: „Die müsste vielleicht gewechselt werden“, dann murmle ich schon automatisch hinterher: „Reden können sie alle.“

Einmal hat sich Maestro Carl über drei Monate Zeit gelassen, ehe er seine Allzweckwaffe gezückt hat. Das war beim Ordnerregal. Maestro Carl klagte bitter über den mangelnden Stauraum in seinem Arbeitszimmer. Dann behauptete er, dass er umgehend ein neues Ordnerregal braucht, ich habe ihm beigepflichtet, wir haben gemessen und gerechnet. Der Maestro behauptete, dass er am nächsten Tag ein Regal im Baumarkt holt. Eine Woche später behauptete er das wieder. Als ich drei Monate später fragte, wann er das Regal kauft, meinte Maestro Carl blasiert: „Reden können sie alle.“ Dann ergänzte er plaudernd: „Im übrigen habe ich mit Martha von der Schupf über das Regal gesprochen ...“
Unwirsch unterbrach ich ihn und brummte mürrisch: „Reden können sie alle.“

Hausfrauen- und sonstige Qualitäten

Maestro Carl verfügt über ausgezeichnete Hausfrauenqualitäten. Obwohl er fast nie zu Hause ist, erledigt er seinen Haushalt, ohne irgendwelche Hilfe in Anspruch zu nehmen. Ich war dabei, als er aus zufällig noch vorhandenen Essensvorräten die köstlichsten Gerichte gekocht hat. Ich habe erlebt, wie er nach der Konzertreise blitzschnell seine Schmutzwäsche gewaschen, getrocknet und in die Schränke sortiert hat, und ich durfte sogar erleben, wie der Maestro halb fünf Uhr in der Früh wie von der Tarantel gestochen mit dem Schrubber durch die Wohnung gesaust ist, weil er offenbar kurz vorher vom Großreinemachen geträumt hatte.
Des Maestros Wohnung ist voll von Sachen, die das Herz jeder Hausfrau höher schlagen lassen: Er hat etwa ein Dutzend Scheuereimer, er besitzt drei Staubsauger, Schrubber und Besen jeder Ausführung, bergeweise Putzlappen, scharfe und feine Reinigungsmittel und alle technischen Errungenschaften, von der modernen Waschmaschine bis zum Spülautomat.

Trotzdem lässt der Maestro seine Professionalität in Sachen Haushalt nie derart heraushängen, dass es unangenehm wird. Eines Abends wurde der Maestro wieder vom Putzfimmel übermannt.

Es war schon spät, als er seine sämtlichen Küchenschränke komplett ausräumte, um sie auszuwischen und überlagerte Lebensmittel auszusortieren. Mir war klar, dass er die ganze Nacht brauchen würde, wenn ich ihm nicht ein bisschen zur Hand ginge. Ich half also. Plötzlich fiel dem Maestro ein, dass er noch eine E-Mail ganz unbedingt beantworten müsse. "Ich bin gleich wieder da", rief er erschrocken aus und eilte ins Arbeitszimmer. Ich machte derweil schon mal weiter.

Nach drei Stunden hatte ich glücklich alles irgendwie wieder an seinen Platz geräumt. Ich ging ins Arbeitszimmer. Der Maestro schlief am Computer. Als er mich hörte, schreckte er hoch und lief geschäftig ins Badezimmer. Er ramschte sämtliche schmutzige Wäsche zusammen, warf sie auf den Boden und fragte mich völlig unbedarft: "Kann ich das alles zusammen in einer Maschine waschen?"

Das wäre etwas für mich!

Ich saß mit Maestro Carl am Computer, als er eines seiner liebsten Themen aufgriff: Den Hauskauf. Seit Jahren träumt der Maestro vom eigenen Haus. Schon mehrfach hatte er mir Immobilienprospekte gezeigt.
Regelmäßig besichtigte er infrage kommende Anwesen. Bislang ohne Erfolg.

Als der Maestro nun also begann, die Immobilienseiten zu durchstöbern, war mir klar, dass es nicht einfach werden würde. Seine Vorstellungen und Ansprüche waren mir allzu bekannt. Freilich hatte ich den Maestro schon öfter euphorisch ausrufen hören: „Das wäre etwas für mich!" Doch solche Begeisterung für eine Immobilie hatte ich bislang nur auf Konzertterminen erlebt. Wenn der Maestro im Prunksaal eines frisch renovierten Barockschlosses stand oder im Rittersaal einer alten Burg, ja, dann konnte er schon mal ausrufen: „Das wäre etwas für mich!" Ich bezweifelte, dass der aufgerufene Immobilienmakler ein Objekt dieser Kategorie anbietet. Insbesondere bezweifelte ich, dass er ein bezahlbares Objekt dieser Kategorie anbietet. Dennoch versuchte ich, des Maestros überschäumenden Optimismus zu teilen. Ja, heute würden wir etwas Passendes finden. Ich stimmte dem Maestro also zu, wenn er ein Häuschen für zu bieder hielt. Ich gab ihm Recht, dass es großzügig, modern und nicht zu teuer sein sollte. Ich sah ein, dass er viel Platz für sich und seine vielen Instrumente benötigt. Und ich gab ihm zu bedenken, dass ein architektonisches Kleinod in Traumlage, dessen Preis im fünfstelligen Eurobereich lag, eventuell irgendeinen Mangel haben könnte. Da der Maestro ein Weltbürger ist, kommen für ihn immer alle Immobilien zwischen Grönland und Südsee infrage. Meine Ausdauer hat ab etwa dem fünfzigsten Objekt etwas nachgelassen. Nur sporadisch warf ich noch etwas ein, wenn mir die Wohnfläche zu gering oder das Dach zu schräg erschien.

Schließlich muss ich wohl etwas eingenickt sein. Ein verzückter Ausruf des Maestros ließ mich hochschrecken. „Das wäre etwas für mich!“ Mit verschlafenen Augen starrte ich auf den Bildschirm. Der Maestro war inzwischen auf eine Seite mit Futonbetten gestoßen.

Wie man sich bettet

Eines schönen Tages war es einfach passiert. Maestro Carl hatte sich ein Bett gekauft. Noch nie, so ließ er mich wissen, noch nie vorher hat er ein richtiges Bett besessen. Immer hat er nur notdürftig auf Liegen genächtigt. Entsprechend schlimm waren inzwischen seine Rückenschmerzen. Und entsprechend sorgfältig ist er bei dieser wichtigen Entscheidung vorgegangen. Wochenlang, ja monatelang hatte er gesucht, verglichen, gezögert. Er hat sich intensiv mit dem Härtegrad von Matratzen beschäftigt, und er hat sorgfältig alle verfügbaren Berechnungen zum Verhältnis von Härtegrad und Körpergewicht studiert. Dann endlich war es also da, des Maestros wunderbares neues Futonbett. Ein Bett, das mindestens so breit war wie lang. Ein orthopädisches Futonbett für himmlische Träume in wunderbarer Nachtruhe.

Als ich den Maestro viele Wochen nach diesem Neuerwerb wieder traf, klagte er über schlimme Rückenschmerzen, unerträgliche Rückenschmerzen. Entsetzt fragte ich ihn, ob denn das schöne neue Bett gar nichts gebracht hat. „Nein“, stöhnte er. „Nichts, rein gar nichts.“ Ich überlegte laut, ob denn vielleicht die Matratze nun doch zu hart ist oder zu weich. Ich befand, dass es nicht in Ordnung ist, wenn so ein exorbitant teures und mit allen Schikanen ausgestattetes Bett die

Erwartungen nicht erfüllt. Ich befand des Weiteren, dass er sich da unbedingt kümmern müsse. „Ach, das bringt doch alles nichts“ murrte der Maestro.

Mir war unbegreiflich, dass ein solches Gesundheitsbett gar keine Besserung bewirkte. Der Maestro hatte so große Erwartungen in diese Anschaffung gesetzt. Ich fand es einfach unverfroren, dass man mit der angeblichen Wunderwirkung dieser Matratze so dick aufgetragen hatte. Etwas später habe ich diese Meinung ein klein wenig revidiert. Das war zu der Zeit, als der Maestro mir erzählte, dass er im Grunde nie in diesem Bett schläft, weil er dafür ja seinen Sessel hat und die alte Liege.

Valentinstage

Ich bin über alle Maßen zurückhaltend und sittsam. Deshalb stellt der Umgang mit Maestro Carl und seinem großen Bekanntenkreis für mich immer eine enorme Herausforderung dar. Seit ich den Maestro kenne, weiß ich: Ich bin nicht nur schüchtern. Ich bin verklemmt!
Maestro Carl tut nur so aus Jux auch gern, als sei er etwas scheu. Doch die Fakten strafen ihn Lügen. Tatsache ist: Maestro Carl ist ein begnadeter Herzensbrecher. Wo immer er auftaucht, wird er von seinen Intimfreunden umringt, geherzt und mit zärtlichen Liebkosungen überschüttet.
Bei Maestro Carl, so will es oft scheinen, ist jeder Tag ein Valentinstag. Begrüßungs- und Verabschiedungszeremonien mit ihm sind immer ausschweifende Umarmungsorgien. Des Maestros Wangen werden dabei täglich von mehr Lippen berührt, als mancher Abendmahlskelch. Diskret wende ich mich stets von den gar zu vertraulichen Szenen ab. Einmal jedoch habe ich allen Mut zusammengenommen und Maestro Carl gefragt, ob diese demonstrative Zurschaustellung seines Privatlebens nicht seinem Ruf abträglich ist. Außerordentlich empört rief er aus: „Privatleben???? – Ich habe überhaupt kein Privatleben!“

Ich war erstaunt, aber auf eigenwillige Weise war ich auch beruhigt: Schon die Vorstellung, was geschähe, wenn Maestro Carl seine Bekannten womöglich auch noch privat kennte, treibt mir die Schamröte ins Gesicht.

Die Verschwendung

Maestro Carl ist ein extrem emotionaler Mensch. Keine, wirklich überhaupt keine Emotion kommt bei ihm zu kurz. Er spielt sie allesamt regelmäßig durch. Von A wie aggressiv bis Z wie zornig.
Maestro Carl ist ein Meister der Depression. Maestro Carl ist unübertroffen in seiner Empörung. Seine Verbitterung ist ebenso unerreicht wie seine Verzweiflung. Niemand reicht Maestro Carl das Wasser, wenn es um das hemmungslose Ausleben von Resignation und Pessimismus geht.

Leider nehmen manche Menschen jedoch nur diese lebensverneinenden, diese negativen Emotionen von Maestro Carl wahr. Dabei schlagen seine Gefühle auch hin und wieder sehr heftig in die entgegengesetzte Richtung aus. Manchmal legt Maestro Carl eine derart ausgelassene Fröhlichkeit an den Tag, dass seine Umgebung regelrecht verstört ist.
Gelegentlich kann einen die unendliche Geduld des Maestros regelrecht aus der Ruhe bringen. Ich habe sogar schon aus zuverlässiger Quelle gehört, dass der Maestro ohne ersichtlichen Anlass in die lauschigste Gemütlichkeit verfallen sein soll. Beim Ausleben dieser positiven Gefühle legt Maestro Carl allerdings immer die haushalterisch gebotene Sparsamkeit an den Tag.

Seit Wochen allerdings ist Maestro Carl kaum wiederzuerkennen. Er verschleudert seine Emotionen, geht regelrecht verschwenderisch mit ihnen um. Es kann gar keinen Zweifel geben: Maestro Carl ist verliebt.

Verliebt, verlobt ...

Immer wieder wird Maestro Carl von unvorstellbaren persönlichen Katastrophen heimgesucht.
Katastrophen, die ein sensibler Mensch wie Maestro Carl kaum zu überstehen in der Lage ist. Neulich war es wieder einmal so weit. Die ganze Welt war mir nichts dir nichts über dem geplagten Maestro zusammengebrochen. Ohne Vorankündigung!

Fast ohne Vorankündigung jedenfalls. Vielleicht freilich wäre etwas erforschbar gewesen mit einer spiritistischen Begabung ... eventuell bei Vorhandensein transzendenter Fähigkeiten ...

Mit irdischen Dispositionen allerdings war dieser Weltuntergang keineswegs vorherzusehen. Allerhöchstens war er vielleicht zu erahnen, wenn man illegale Mittel wie Gesten-, Blicke- oder gar der Wortedeuterei angewendet hätte. Doch Maestro Carl bedient sich niemals solch unlauterer Methoden. Deshalb war er zu Recht erschüttert, als sein Lebensglück wieder einmal auseinanderbrach.
Um es rundheraus zu sagen: Maestro Carl lebt in Scheidung. Keine normale Scheidung selbstverständlich, denn zu einer normalen Scheidung ist ja jeder Depp in der Lage.

Außerdem ist eine normale Scheidung keine Katastrophe.
Maestro Carls Scheidung schon, denn es ist bereits seine dreizehnte. Das ganze Ausmaß der Tragödie lässt sich allerdings nur erahnen, wenn man weiß: Maestro Carl war zwar schon vor der neuerlichen Katastrophe zwölf Mal geschieden - aber er war noch niemals verheiratet.

Riechen Sie mal!

Sein Geld verdient Maestro Carl mit der Musik. Doch immer wieder habe ich aus seinem Munde gehört: „Eigentlich bin ich Mediziner!“ Ich war skeptisch, obwohl der Maestro mir versicherte, dass er viele Menschen in Sachen Gesundheit berät. Dann bin auch ich in den Genuss seiner medizinischen Beratung gekommen. Der Maestro hatte sich gerade mit einer sehr alten Dame unterhalten. Es war eine Frau, die er seit Jahren kannte. Als sie sich verabschiedet hatte, blickte er ihr lange hinterher und meinte sorgenvoll: „Sie ist übersäuert.“

Fragend schaute ich den Maestro an, und er ergänzte, „Es gibt viele sauer riechende Menschen.“ Er erklärte mir, dass es an der Ernährung liegt. Zu viel Fastfood, zu wenig Gemüse. Er informierte mich über die Folgen eines unausgeglichenen Säure-Basen-Haushaltes. Dann hielt er mir seine Hand unter die Nase und sagte. „Riechen Sie mal!“

Mein Verständnis für medizinische Fragen ist äußerst mangelhaft. Vermutlich deshalb ist mir in dem Moment nur der Lieblingsspruch von meinem Onkel Eduard eingefallen. Ein an dieser Stelle unpassender Spruch. Onkel Eduard sagte gern: „Du riechst so gut, wo steht dein Bett?“ Das war nun als Erwiderung kaum geeignet. Ich habe also diese klugen Worte für mich behalten, die

Lippen geschürzt, mit den Schultern gezuckt und vorsichtig erwidert: „Das riecht für mich völlig normal.“ „Eben“, platzte es aus dem Maestro heraus. „So muss es sein.“ Jetzt wollte ich es genau wissen. Ich streckte ihm meine Hand entgegen und fragte: „Und rieche ich sauer?“ – Er schnupperte. Er zögerte. Er wiegte mit dem Kopf, und er erwiderte ... nichts. Gar nichts. Doch mit dieser demonstrativen Unentschlossenheit hat er mehr gesagt, als mit Worten möglich gewesen wäre. Er war taktvoll genug, mich nicht mit meinen Sünden zu konfrontieren. Doch er hat es wohl mit feiner Nase erschnüffelt. Ich hatte zwei Tage vorher einen riesigen Döner verdrückt.

Der Autokauf

Maestro Carl ist jedes Jahr zigtausende Kilometer mit dem Auto unterwegs. Deshalb ist für ihn ein Autokauf eine enorm wichtige Angelegenheit. Natürlich lässt er sich in seiner Entscheidung von niemandem beeinflussen. Trotzdem ist er für den einen oder anderen Ratschlag dankbar.
Einmal rief er mich an, als er gerade bei einem Autohändler war. Weil dieses Autohaus nur wenige Kilometer von meiner Wohnung entfernt lag, fuhr ich schnell hin, um ihm moralisch beizustehen.

Als ich ankam, sprach er mit seiner Freundin Christa. Er wollte von ihr wissen, was er nun am besten tut, ob sie nicht noch ein gutes Autohaus kennt oder eine Automarke empfehlen kann. Christa war nicht sofort aussagefähig, denn mit Autos kennt sie sich nicht aus. Außerdem war ihre Einflussnahme für den Augenblick begrenzt. Der Maestro hatte sie zwar mit dem Handy zu Hause erreicht, aber dieses Zuhause befand sich rund siebenhundertdreißig Kilometer entfernt am äußersten Zipfel der Bundesrepublik.

Das Autohaus befand sich hingegen, wie erwähnt, ganz nahe meiner Wohnung, also sehr abgelegen, sehr weit entfernt von jeder auch nur annähernd bemerkenswert großen Stadt.

Deshalb, und nur deshalb, war ich an diesem Tag die Einzige, die sich persönlich zu des Maestros Unterstützung auf den Weg gemacht hatte. Nun, da ich zur Verfügung stand, beendete der Maestro sein Gespräch mit dem nochmaligen Hinweis, dass er nicht wisse, was er tun soll.
Doch genau das klärten wir in den drei folgenden Stunden.

Nicht, dass ich auf die Entschlussfreude des Maestros Einfluss gehabt hätte. Er hatte sein künftiges Auto bereits erwählt. Ich wurde jedoch gebraucht, um alle Argumente für und gegen das Auto nochmals zu besprechen und den Firmenchef, den Werkstattmeister und den Verkäufer mit vielen Fragen zu löchern, die nur sehr entfernt mit diesem Auto zu tun hatten.
Danach wurde der Kaufvertrag unterschrieben. Zur weiteren Erörterung der mit dem Autokauf verbundenen Geldausgabe fuhren wir in die Wohnung des Maestros. Wie immer schaute er zuerst nach dem Anrufbeantworter und den eingegangenen Mails. Christa hatte drei gesprochene Nachrichten hinterlassen und acht E-Mails. Darin empfahl sie Maestro Carl fünf Autohäuser dreier bedeutender Marken. Sie hatte außerdem zwei Autos vorsichtshalber für den Maestro reservieren lassen. „Warum macht sie denn so etwas? Darum hat sie doch niemand gebeten“, wunderte sich Maestro Carl.

Isoldes Liebestod

Wenige Tage vor einem Konzert innerhalb der Richard-Wagner-Festtage war ich bei Maestro Carl zu Gast. Er fragte mich, ob ich gern Wagner höre. Nun bin ich kein ausgesprochener Wagner-Fan, und ich bin noch dazu oft geradezu übertrieben ehrlich. Jedenfalls war ich in diesem Moment ehrlich genug um zuzugeben, dass ich Wagner nicht sonderlich liebe.

Das war Maestro Carl Grund genug, mir Wagner nahe zu bringen. Er kramte die bereitliegenden Noten von „Isoldes Liebestod" heraus und spielte mir das Stück vor. Einmal und noch einmal. Und weil es so schön war, auch ein drittes Mal. Er wies mich auf die besonders schönen Details hin und schaute dabei so verzückt drein, als wäre es ganz unmöglich, diese Musik nicht zu lieben. Immer wieder stellte er fragend fest: „Aber das ist doch schön, oder?"
Ich bekannte, dass es schon recht schön sei, dass ich aber dennoch kein großer Wagner-Verehrer bin.

Der Maestro ließ es dabei bewenden. Zunächst.

Die Richard-Wagner-Festtage sind vorübergegangen, doch Isoldes Liebestod ist geblieben. Wann immer sich die Gelegenheit bot, spielte

Maestro Carl mir das Stück vor. Immer wieder schaute er verzückt und fragte: „Aber das ist doch schön, oder?“

Inzwischen hat er es geschafft. Nicht, dass ich nun Wagner-Fan bin, aber ich finde Isoldes Liebestod einfach umwerfend schön. Jedenfalls in jenen köstlichen Momenten, da Maestro Carl diese Musik für mich spielt.

Wie ich mich mit Maestro Carl über Maestro Carl unterhielt

„Über mich gibt es nichts zu erzählen“, so behauptet Maestro Carl sehr oft. Dennoch war mein Wunsch, mehr über ihn zu erfahren, immer sehr groß. Immer wieder habe ich versucht, mehr über seine Gedanken, seine Arbeit und sein Privatleben herauszubekommen. Doch die Geheimhaltungsstufe bei diesen Themen ist enorm hoch.
Die Frage nach seinen Freunden beantwortet Maestro Carl zum Beispiel prinzipiell nicht. Ebenso wenig ist er geneigt, irgendetwas zu seiner Vergangenheit zu erzählen. Über seine Pläne für die Zukunft schweigt er sich ganz und gar aus. „Alles was zählt“, so pflegt er regelmäßig zu mir zu sagen, „ist der Augenblick.“ Dann schaut er mir bedeutungsvoll in die Augen und ergänzt: „Sehen Sie, und dieser Augenblick ist jetzt auch schon wieder vorbei.“

Einmal durfte ich trotz seiner Vorbehalte in die Vergangenheit des Maestros schauen. Ich blätterte in einem seiner Fotoalben und fragte immer wieder, wo diese Aufnahme entstanden ist und wer jene Leute sind. Die Antworten des Maestros blieben einsilbig. Fast schien es, als würde er sich selbst auf den Fotos gar nicht erkennen.

Dann schaute er intensiv auf ein Portrait, welches ihn als jungen Mann zeigt. Er schüttelte langsam den Kopf, atmete tief ein und offenbarte mir mit hörbarem Entsetzen in der Stimme:
„Das bin doch nicht ich! Ich bin im falschen Körper geboren. Im Grunde bin ich ein ganz anderer Mensch.“

Die Carl'sche Philosophie des Absurden

Über Maestro Carl lässt sich nur Weniges mit absoluter Sicherheit sagen. Eines aber ist völlig unumstößlich: Maestro Carl ist ein begnadeter Philosoph. Als solcher hat er die größten Wahrheiten auf Erden nicht nur als schnödes Wissen parat. Er hat sie so unerbittlich verinnerlicht, dass ihm die Tragweite jeder noch so kleinen Entscheidung aufs Grausamste bewusst ist. Nichts, wirklich gar nichts tut Maestro Carl unüberlegt, denn immer steht ihm eines deutlich vorm geistigen Auge: Jede Entscheidung FÜR etwas ist gleichzeitig eine Entscheidung GEGEN etwas anderes.

Maestro Carl kann und will sich nicht gegen etwas entscheiden. Er will sich alle Möglichkeiten offen lassen, und er leidet sehr unter der Einsicht, nicht alle Möglichkeiten gleichzeitig nutzen zu können.

Einmal kam das Gespräch auf eine uns beiden bekannte Person. Spontan rief der Maestro aus: „Ich werde sie jetzt gleich einmal anrufen." Ich warf ein, dass zehn Minuten vor Mitternacht eventuell nicht die rechte Zeit sei, jemanden anzurufen, mit der man vor über 30 Jahren in Unfrieden auseinander gegangen ist. Diese Überlegung focht Maestro Carl nicht an.

Allerdings hat er nach langem Zögern dann doch nicht angerufen. Seine Begründung war so schlicht, wie genial:
„Wenn ich jetzt anrufe, dann verbaue ich mir die phantastische Möglichkeit, mich nie wieder gemeldet zu haben.“

Die Negation der negierenden Negation

Über Maestro Carl kursieren eine Menge an Halbwahrheiten und eine Unmenge an Unwahrheiten. Der Grund dafür ist gleichermaßen einfach wie mysteriös: Über Maestro Carl lässt sich nichts endgültig sagen.
Über Maestro Carl lässt sich deshalb nichts endgültig sagen, weil er jede Aussage, die ihm über seine Person zu Ohren kommt, mit sofo/rtiger Wirkung negiert.

Diese einfache Negation wäre leicht zu durchschauen. Allerdings bleibt es nicht aus, dass der Maestro auch mit seinen negierenden Aussagen konfrontiert wird. Maestro Carl sieht sich dann zur Negation der Negation gezwungen. Wobei Maestro Carl ganz nach Hegelscher Auffassung nicht zum Ursprungszustand zurückkommt, sondern die alte Wahrheit auf eine neue, höhere Stufe hebt.

Das riesige Interesse vieler Menschen an Maestro Carl führt nun zwangsläufig zu einem Teufelskreis: Wieder und wieder ist der Maestro zur Negation der bereits negierten und abermals negierten Negation gezwungen. Ein durchaus aufreibender Prozess, der jedoch sein Ziel nicht verfehlt: Über Maestro Carl lässt sich nichts Endgültiges sagen.

Obgleich dieses Gesetz der Negation der negierenden Negation Maestro Carl wunderbar beschreibt, werde ich ihm diese Überlegungen nicht mitteilen. Ich wage es nicht. Der Gefahr wegen, die davon ausgeht. Maestro Carl würde ohne Zweifel in einen unlösbaren Gewissenskonflikt geraten:
Seinen Lebensregeln gehorchend müsste er widerlegen, dass er nach dem Gesetz der Negation der negierenden Negation lebt. Um allerdings die Unwahrheit dieser Aussage zu beweisen, müsste er irgendeine andere Aussage über sich zulassen. – Ein Unding. Lassen wir also die Zeit arbeiten. Lassen wir die Zukunft Vergangenheit werden. Schon morgen ist heute gestern.

Wie Maestro Carl meinen astrologischen Horizont erweiterte

Wider Erwarten hat mich Maestro Carl eines Tages doch ins tiefste Innere seiner Seele schauen lassen. Fast allerdings hätte ich das gar nicht bemerkt. Und das ging so:

Maestro Carl ist für vieles offen. Ob Esoterik, Parapsychologie oder Astrologie, der Maestro ist auf Gebieten bewandert, die weit außerhalb meines Horizontes liegen. Er kann Menschen aus der Hand lesen, er sagt die Zukunft mittels Pendel voraus, und es würde mich nicht wundern, wenn er plötzlich eine Glaskugel aus dem Schrank zauberte. Statt der Glaskugel hat er mir jedoch eines Tages sein Horoskop gezeigt, und er hat es mir zu weiteren Studienzwecken sogar überlassen. Lange Zeit lag es im untersten Schubfach meines Schreibtischs. Ich glaube nämlich nicht an solchen Humbug. Doch eines Tages, ich war bei Maestro Carl gerade mal wieder am Ende mit meinem Latein, nahm ich aus reiner Verzweiflung das Horoskop doch noch einmal zur Hand. Mit Verwunderung las ich die ersten Sätze. Die Scharlatane hatten mit ihrer Sterndeuterei Glück. Die Aussagen waren nicht gänzlich falsch, denn des Maestros Sternzeichen sprach von Pflichtbewusstsein, Großzügigkeit und dem Hang zu beißender Kritik.

Neugierig setzte ich meine Lektüre fort. Ich staunte nicht schlecht, als der Aszendent mir von des Maestros Liebe zur Schauspielerei und seinem theatralischen Auftreten berichtete. Ich studierte nun diese erstaunliche astrologische Analyse mit allergrößter Sorgfalt, und ich erfuhr, dass des Maestros Sonne im fünften Haus zuständig ist für seine schöpferische Potenz. Ich las von seiner Unbekümmertheit und von seinen Allüren. Es stimmte ALLES. Endlich hatte ich die innersten Geheimnisse dieses bedeutenden Mannes erkundet. Niemals hätte Maestro Carl mir so viel von sich erzählt. Er hätte mir das Horoskop vermutlich nicht gegeben, wenn er geahnt hätte, wie viel analytische Sorgfalt mir mein Aszendent in die Wiege gelegt hat.

Nehmen Sie's mit

Maestro Carl ist ein freigebiger Mensch. Als mein Blick auch nur einen Moment zu lange am übervollen Weinkorb in seiner Küche hängenblieb, bot er mir sofort an: "Nehmen Sie ruhig eine Flasche mit nach Hause. Das habe ich alles geschenkt bekommen, und ich trinke so gut wie nichts. Ich vertrage das auch gar nicht mehr." Meine Verwunderung über sieben Flaschen Balsamico auf der Anrichte wurde ähnlich quittiert: "Alles geschenkt bekommen, das können Sie alles mitnehmen."

Nun habe ich durchaus keine Ambitionen, meine Küchenvorräte durch regelmäßige Besuche bei Maestro Carl aufzufüllen. Allerdings gibt es Situationen, in denen ich seinen verlockenden Offerten einfach nicht widerstehen kann. Insbesondere werde ich immer wieder schwach, wenn des Maestros Generosität mich in die Lage versetzt, mein sorgsam aufgebautes Maestro-Carl-Archiv zu ergänzen. So bin ich durch Maestro Carls leichtfertig geäußertes "Nehmen Sie's mit" in den Besitz unzähliger Dokumente, Fotos und CDs gelangt. Ich besitze einen Füllfederhalter mit dem Namenszug des Meisters und sogar einen kompletten Fotoordner aus einem seiner früheren Leben. Fast immer kann ich das Entwenden solcher Reichtümer ohne Probleme vor mir rechtfertigen, denn wenn ich auch nur ein wenig zögere, dann ergänzt der Maestro sein "Nehmen Sie's mit" mit die Drohung: "Wenn Sie es nicht mitnehmen, dann werfe ich es weg."

Freilich birgt es auch Risiken, wenn der Maestro weiß, dass jemand seine Wohnung regelmäßig mit reicher Beute verlässt. Einmal rief er mich an. Er war völlig aufgelöst, weil just nach meinem Besuch eine dringend benötigte CD fehlte. Er war absolut sicher, dass ich, und nur ich, der Dieb gewesen sein konnte. Ich wusste sofort, dass ich die gesuchte CD nicht habe. Allerdings wusste ich auch, dass ich den Vorwurf nur durch eine einzige Aktion entkräften konnte: Ich musste die gesuchte Scheibe in den Bergen von CDs finden, die überall in der Wohnung von Maestro Carl aufgetürmt sind. Drei Tage lang habe ich verzweifelt gesucht. Schließlich hatte ich die CD zuunterst aufgestöbert und hielt sie dem Maestro freudestrahlend unter die Nase. Doch es war zu spät. Jetzt brauchte er sie nicht mehr. Mit wegwerfender Geste ließ er mich wissen: „Ach, das olle Ding liegt auch nur herum. Nehmen Sie's mit."

Der Tag, an dem ich nicht mit zum Konzert gefahren bin

Einmal besuchte ich Maestro Carl an einem konzertfreien Tag. Ich glaubte, wir hätten Zeit. Aber kaum hatte ich seine Wohnung betreten, ließ er mich wissen: „Wir müssen nachher gleich los. Ich will das Konzert von G. besuchen." G. ist ein hervorragender Musiker. Trotzdem wunderte ich mich: Maestro Carl ist nicht gerade ein eifriger Konzertgänger. Ich selbst hatte keine Lust auf dieses Konzert. Doch was sollte ich tun? Maestro Carl lässt sich nicht hineinreden. Was er sagt, das wird gemacht. „Ja" heißt bei ihm „ja". „Nein" heißt „nein". Ich konnte also mitfahren oder es lassen. Entscheiden musste ich das binnen einer Stunde, denn dann war Start.

Während der Maestro in Windeseile die allerwichtigsten Arbeiten erledigte, überlegte ich, was ich tun sollte. Nach einer halben Stunde hatte er das Nötigste geschafft. Ich nicht. Ich war noch immer unentschlossen. Wir tranken noch schnell einen Tee. Und noch einen. Schließlich drängte der Maestro mich zur Eile, indem er ausrief: „In einer Viertelstunde geht's los!" Ich war hin- und hergerissen. Der Maestro wollte sich noch fünf Minuten ausruhen, ehe er sich anzog. Mich ließ er derweil in Ruhe überlegen. Als ich endlich zu einem Entschluss gekommen war, merkte ich, dass der Maestro eingeschlafen war. Vorsichtig weckte

ich ihn und erinnerte ihn, dass er los muss. „Noch zwei Minuten, erwiderte er schläfrig und versank nun endgültig in Tiefschlaf. Nach zwei Minuten sprach ich ihn an. Nichts. Ich rüttelte ihn. Nichts. Schließlich fügte ich mich ins Schicksal und ließ ihn schlafen.
Nach einer halben Stunde blinzelte der Maestro. Ich nutzte die Gunst der Stunde. Noch käme er mit viel Glück nur ein wenig zu spät zum Konzert. Doch kaum hatte der Maestro meine Stimme vernommen, wurde er erneut von Müdigkeit übermannt. Als er schließlich doch irgendwann aufwachte, war von dem Konzert keine Rede mehr, denn „Ja“ heißt zwar „ja“, und „nein“ heißt „nein“. Das darf aber nicht über die Lieblingsvokabel von Maestro Carl hinwegtäuschen. Und die heißt „vielleicht“.

Und sollte er sie in einem Satz ausnahmsweise vergessen, so ist sie automatisch durch den Zuhörer zu ersetzen. Es musste also heißen: „Ich will vielleicht das Konzert von G. besuchen.“

Der undankbarste Job der Welt

Die Konzertnachbereitung ist bei Maestro Carl immer sehr zeitintensiv. Nach einem Konzert in der Denkmalschmiede in H. machte er aber auch nach der üblichen Frist überhaupt keine Anstalten aufzubrechen. Es war früher Abend. Während die anderen Musiker ihre Instrumente wegpackten, schlief der Maestro ein Stündchen. Danach erfuhr ich, dass wir jetzt nach R. fahren. Die Mutter von einem der Musikerkollegen hatte Geburtstag, und alle Musiker dieses Abends sollten mitfeiern. Wir fuhren also etwa eine Stunde gen R., und der Maestro kaufte unterwegs Blumen. Als wir ankamen, war die Party bereits in vollem Gange. Ein Alleinunterhalter spielte auf dem Keyboard und heizte die Stimmung tüchtig an. Das Buffet war opulent, und wir wurden aufs Liebenswürdigste dazu gedrängt, reichlich zuzugreifen. Wir aßen, wir tranken, und wir ließen es uns richtig gut gehen.

Irgendwann waren wir satt, es wurde geschwatzt und gelacht, und schließlich sagte einer: „Spielt doch noch etwas." Das ist ein Satz, der den Maestro elektrisiert: „Spielt doch noch etwas." Er ließ sich nicht lange bitten. Die Instrumente waren noch im Auto, und das Auto stand vorm Haus. Zwei Cembali wurden aufgebaut. Mehrere Blasinstrumente herbeigeschafft.

Nach nicht einmal einer halben Stunde war das kleine Ensemble startklar. Der Alleinunterhalter sah ein, dass er jetzt nicht mehr der alleinige Unterhalter des Abends war. Er räumte bereitwillig seinen Platz, freute sich über die unerwartete Arbeitspause und trank einen Kaffee. Die musikalische Einlage begann. Erst spielten alle gemeinsam, dann nur der Maestro, dann ein Duo, ein Trio, wieder nur der Maestro. Weil der Maestro niemals nur eine Einlage spielt, konnte der Alleinunterhalter in der nächsten halben Stunde weitere drei Kaffee trinken.
Während der Maestro nach einer Stunde noch in voller Fahrt war, wurde der Alleinunterhalter inzwischen sehr unruhig. Nach neunzig Minuten kam der Maestro trotz der Begeisterung in der Geburtstagsrunde ganz unerwartet zum Schluss. Er bemerkte urplötzlich, dass es schon spät war und er noch den weiten Weg bis nach Hause vor sich hatte. Wir brachen umgehend auf.

Mir blieb gerade noch Zeit, einen Blick auf den Alleinunterhalter zu werfen. Er war sehr blass und wirkte entsetzlich deprimiert. Er musste jetzt Musik machen. Jetzt, nachdem der Maestro die musikalische Messlatte gelegt hatte. Damit hatte er den undankbarsten Job der Welt.

Moritzburg bei Nacht

„Im Grunde“, so klagte Maestro Carl eines Tages, „im Grunde bin ich von Beruf eher Kraftfahrer als Musiker.“ Es war ein sehr geeigneter Tag für eine solche Klage, denn die Fahrstrecke zum Konzert war nicht gering. Gut drei Stunden hin. Ebenso lang zurück. Ein kleiner Umweg zu Freunden war auch nötig. Selbst bei des Maestros rasantem Fahrstil würde die Fahrzeit also die Konzertzeit an diesem Tag wieder einmal deutlich übersteigen. Auf dem Heimweg rechnete mir der Maestro vor, wie viele Konzerte er geben könnte, ohne diese Fahrerei. Er schwärmte, wie viel mehr Menschen Musik hören könnten ohne diesen fürchterlichen Zeitverlust. Das Rechenexempel war mir nicht neu. Ich stimmte dem Maestro in allen Punkten zu, ich wetterte über die Untragbarkeit dieses Zustandes, und weil mir der Sinn ein klein wenig nach Vergnüglichkeit stand, fragte ich in unschuldigem Tonfall: „Wer plant denn die Konzerte um Himmels Willen so unsäglich.“ Ich kannte die Antwort, denn dieses Thema stand zwischen uns schon sehr oft zur Debatte. Der Maestro tat jedoch gleich mir, als ob die Problematik just jetzt zum ersten Male zwischen uns besprochen wird: „Ja was glauben Sie denn?“ An mir war es nun, ganz naiv zu fragen: „Sicherlich Ihre Agenturen?“

Innerlich jubilierte ich, denn die nun folgende Antwort bereitet mir immer wieder Freude. „Agenturen?" Die Stimme des Maestros schnellte wie jedes Mal an dieser Stelle in die Höhe. „Von wegen Agenturen! Das muss ich alles alleine machen." Die nun folgende Debatte über die Schwierigkeiten der Konzertplanung zog sich bis kurz vor Dresden hin. Doch urplötzlich änderte der Maestro die übliche Abfolge unseres beliebten Eigentlich-bin-ich-Kraftfahrer-Dialoges und fragte mich: „Wann waren Sie eigentlich zuletzt in Moritzburg." Ich musste an dieser Stelle zugeben, dass das schon ein ganzes Weilchen her war. Der Maestro reagierte sofort. Spontan fuhr er von der Autobahn ab und machte einen Abstecher zum Schloss Moritzburg. Der See, das beleuchtete Barockschloss, es war einfach traumhaft. Und der Umweg: Je nun, der Maestro ist ja ohnehin vor allem Kraftfahrer.

Wie ich mich endgültig mit Maestro Carl überworfen habe

Leider bin ich gelegentlich etwas störrisch und lasse mich dann nur sehr schwer von meiner Meinung abbringen. Maestro Carl ist zwar auch störrisch, aber ganz im Gegensatz zu mir lässt er sich NIEMALS von seiner Meinung abbringen. Diese unglückliche Konstellation führt hin und wieder zu einigen Differenzen zwischen uns.
Einmal haben wir uns wegen einer Kleinigkeit derart in die Wolle gekriegt, dass wir uns binnen weniger Minuten vollständig und ein für alle Mal überworfen haben. Wütend warf mich der Maestro hinaus und meinte, ich solle mich nie wieder blicken lassen. Er musste das keineswegs betonen, denn nicht im Traum würde mir einfallen, jemals wieder auch nur ein Wort mit diesem eigensinnigen Menschen zu wechseln. Wir waren endgültig fertig miteinander.

Ich war in den nächsten Tagen und Wochen außerordentlich froh, dass ich den Maestro nicht sehen musste. Allerdings hatte ich noch einen Ordner von ihm, und den musste ich wohl oder übel zurückbringen. Es war ein wichtiger Ordner, den ich der Post keineswegs anvertrauen konnte. Ich verschob die Rückgabe wieder und wieder, und so gingen drei Monate ins Land, ehe ich mich entschloss, eine letzte Begegnung mit dem

Maestro zu riskieren. Mit dem Ordner unterm Arm ging ich auf ihn zu. Ich war auf alles gefasst. Sollte er doch wettern, sollte er mich zum Teufel jagen. Doch nichts dergleichen geschah. Der Maestro begrüßte mich mit denkbar größter Freundlichkeit. Er schwatzte mit mir, als sei nichts geschehen, und er nahm mich wieder in den Kreis seiner Freunde auf.

Inzwischen wollte Maestro Carl mich gut ein Dutzend Mal nie, nie wieder sehen. Bislang war die Zeitspanne von „nie, nie wieder“ nie länger als ein halbes Jahr. Kein Wunder: Maestro Carl ist zwar störrisch, aber nicht stur. Und stur bin ich auch nicht.

„Der Name ist ein Stück des Seins und der Seele.“ (Thomas Mann)

Namen sind für mich etwas Gottgegebenes. Ich erwarte nicht, dass Herr Schmied heiße Eisen bearbeitet, und ich denke mir gar nichts dabei, wenn Frau Glanz keine glänzende Figur macht.

Für Maestro Carl sollte jedoch jeder Mensch den Namen nach der Tat haben. Jedes Mal, wenn das Gespräch auf Wachtmeister Möse kommt, echauffiert sich der Maestro: „Böse müsste er heißen, Böse!“ Bei Frau Hübsch ist für den Maestro mit der Korrektur von nur einem Buchstaben hingegen gar nichts zu machen. Maestro Carl empfindet es als unerträglich, dass man Herrn Springer beim Laufen die Schuhe besohlen kann. Er findet es unpassend, dass er auf Frau Lange herunterschauen muss und dass Frau Kühn bei jedem lauten Wort erschrocken zusammenzuckt. Und schließlich, Name hin, Name her: Wen Maestro Carl am liebsten aus dem Chor ausschließen würde, das ist ausgerechnet die Frau Sänger.
Aus mir völlig unerfindlichen Gründen findet Maestro Carl immerhin, dass Frau Hackebeil eine rühmliche Ausnahme ist und ihren Namen mit Stolz und voller Berechtigung tragen kann.

Trotz solch erfreulicher Sonderfälle bleibt es für Maestro Carl das Grundübel unserer Zeit, dass Namen so wenig über die Person aussagen. Obwohl er seinen eigenen Namen ebenfalls unpassend findet, ist ihm für sich selbst noch nichts wirklich Treffendes eingefallen. Für mich schon: „Frau Zehrfeld ist völlig falsch. Zehrfeld. Querfeld. Ferquelt. ...“
Nach etlichen unbrauchbaren Versuchen rief er schließlich hochzufrieden aus:
„Frau Kritzelt müssten Sie heißen.“

Maestro Carl ist tot, es lebe der Maestro!

Immer wieder habe ich mich gewundert, dass Maestro Carl mich in seiner Nähe duldet. Das Anliegen, welches mich vor Jahren zu ihm führte, war verwegen. Ich bat ihn damals inständig, über ihn schreiben zu dürfen. Eine Biografie über Maestro Carl war längst überfällig, und ich fand es höchst eigenartig, dass die Lebensgeschichte dieses Mannes nicht längst zu Papier gebracht war.

Jahrelang nutzte ich jede Möglichkeit den Maestro zu treffen. Ich erbat mir sämtliche Unterlagen. Ich fragte ihm Löcher in den Bauch. Schließlich war ich so weit. Mein Buch war fertig, und ich legte es dem Maestro vor. Nachdem Maestro Carl den Text sorgfältig studiert hatte, war er erbost: „Sie haben ja über mich geschrieben! Das geht doch nicht!" Ich erwiderte, dass ich natürlich über ihn geschrieben habe, weil das bei einer Biografie so zu sein hat.

„Nein, nein, nein ..." Maestro Carl wiederholte das Wort an die hundert Mal und sagte anschließend mit großer Entschiedenheit. „Sie können ja schreiben was Sie wollen, aber doch nichts über mich. Dieses Buch können wir nicht veröffentlichen. Das darf nicht sein!"

Ich habe mich sehr elend gefühlt. Das tat dem herzensguten Maestro derart leid, dass er sogleich versucht hat, mich aufzumuntern. Spontan schlug er vor, mir das Manuskript abzukaufen. Schon hatte er sein Scheckbuch gezückt und fragte gönnerhaft: „Was bekommen Sie dafür?“ Ich empfand dieses Angebot derartig unverschämt, dass ich mehrere Minuten lang gar keine Luft gekriegt habe. Hätte der umsichtige Maestro nicht den Notarzt gerufen, ich wäre des Todes gewesen.

Nach diesem Zwischenfall hat Maestro Carl eingesehen, dass ein solcher Handel für mich gänzlich inakzeptabel ist. Er überlegte an einer anderen Lösung. Schließlich stellte er mir in Aussicht, dass ich das Buch sofort nach seinem Ableben veröffentlichen darf. Dieses Zugeständnis war für mich nun freilich wenig tröstlich. Immerhin bin ich nur wenige Jahre jünger als der Maestro, und ich verfüge längst nicht über seine unverwüstliche Gesundheit.
Maestro Carl allerdings wischte meine Zerknirschung mit einem Satz vom Tisch. Vergnügt rief er aus: „Das gibt eine tolle Schlagzeile: Maestro Carl ist tot, es lebe der Maestro!“

23478483R00078

Printed in Poland
by Amazon Fulfillment
Poland Sp. z o.o., Wrocław